紫式部集の新解釈

徳原茂実 著

和泉書院

はしがき

本書は、紫式部の家集『紫式部集』の中の、いくつかの和歌、詞書、左注について、従来とは異なった解釈を提示しようとするものである。したがって、本書における研究方針は、当然ながら、厳密な本文解釈というにつきる。ところが、新解釈を提示することによって、次の二点が新たな課題として浮かび上がってきた。

第一点は、紫式部伝の修正である。従来の『紫式部集』解釈に依拠して組み立てられた紫式部の伝記、特に前半生の事跡に関する知見は、本書の新解釈に従う限り、いくつかの点について、考え直さざるをえなくなった。

第二点は、『紫式部集』の成立についての問題である。従来、『紫式部集』は紫式部自身の編纂になる家集、すなわち自撰家集であると考えられてきた。しかし、本書に提示した新解釈を前提とする限り、式部自身の手になるとは考え難い和歌の配列が何箇所にもわたって見られるのであり、後世の人物による編纂、すなわち他撰家集と結論せざるをえなくなった。

本書はあくまでも本文の解釈をこととするものであるが、そこから派生する右の二点についても言及した。なお、この二点についてのまとめは、第九章「『紫式部集』自撰説を疑う」、第十章「『紫式部集』に見る紫式部の前半生」に記述した。

本書の主人公ともいうべき人物については、藤原為時の娘であることが知られているが、その本名は明らかでない。「香子」説は有力な一説ではあるが、確証はない。本書においては、この人物については、通称の「紫式部」をもって呼称し、時に「式部」と略称する。本書では彼女の前半生、すなわち出仕以前の事跡について触れることが多く、その時期の彼女を「紫式部」と呼ぶのは違和感があるが、便宜的に通称に従った。

本書に引用する『紫式部集』の本文は、定家系諸本の中の最善本とされている実践女子大学図書館蔵本（以下「実践女子大学本」と略称）に拠り、歴史的仮名遣いに改め、句読点、濁点を適宜付した。歌番号も同本による。同本の原文については、本書巻末の翻刻を参照されたい。翻刻の掲載をお許し下さった実践女子大学図書館各位に、厚くお礼申しあげる。

本文に問題があると判断される場合など、古本系の最善本と目されている陽明文庫本にしたがった場合がある。その際はその旨を付記した。

『紫式部集』以外の和歌の引用は、特に出典を示したものを別とすると、『新編国歌大観』により、適宜表記を改めた。歌番号も同書による。

紫式部、及び『紫式部集』に関する主要な研究書、注釈書等のうち、本書でたびたび引用・言及するもの、あるいはその他重要と思われるものの書誌については、左に一括して示し、当該箇所においては一々注記しない。刊行年代順に掲げておく（敬称略）。

岡　一男『源氏物語の基礎的研究』昭和29年1月　東京堂、昭和41年8月増訂版

今井源衛『紫式部』昭和41年3月　吉川弘文館・人物叢書、昭和60年9月新装版。本書では新装版によった。

竹内美千代『紫式部集評釈』昭和44年6月　桜楓社、昭和51年3月改訂版
南波　浩『紫式部集の研究　校異篇伝本研究篇』昭和47年9月　笠間書院
清水好子『紫式部』昭和48年4月　岩波書店・岩波新書
南波　浩『紫式部集』昭和48年10月　岩波書店・岩波文庫
山本利達『紫式部日記　紫式部集』昭和55年2月　新潮社・新潮日本古典集成
河内山清彦『紫式部集・紫式部日記の研究』昭和55年2月　桜楓社
木船重昭『紫式部集の解釈と論考』昭和56年11月　笠間書院
木村正中、鈴木日出男、後藤祥子、小町谷照彦、秋山虔「紫式部集全歌評釈」昭和57年10月　学燈社『国文学　解釈と教材の研究』10月号所収。
稲賀敬二『源氏の作者　紫式部』昭和57年11月　新典社
南波　浩『紫式部集全評釈』昭和58年6月　笠間書院
伊藤博他『土佐日記　蜻蛉日記　紫式部日記　更級日記』平成元年11月　岩波書店・新日本古典文学大系24。『紫式部集』を所収。
中周子他『賀茂保憲女集　赤染衛門集　清少納言集　紫式部集　藤三位集』平成12年3月　明治書院・和歌文学大系20
工藤重矩『平安朝和歌漢詩文新考　継承と批判』平成12年4月　風間書房
増田繁夫、鈴木日出男、伊井春樹編『源氏物語研究集成　第十五巻　源氏物語と紫式部』平成13年11月　風間書房

南波浩編『紫式部の方法　源氏物語・紫式部集・紫式部日記』平成14年11月　笠間書院
山本淳子『紫式部集論』平成17年3月　和泉書院
原田敦子『紫式部日記　紫式部集論考』平成18年12月　笠間書院
田中新一『紫式部集新注』平成20年4月　青簡舎
久保田孝夫・廣田收・横井孝『紫式部集大成』平成20年5月　笠間書院

右に掲げた諸先学のご研究に、本書が多くを負っていることは言うまでもない。ご学恩に感謝申し上げるとともに、特に『紫式部集』研究の基盤を築かれた南波浩氏の伝本研究に敬意を表するものである。

著　者

目次

はしがき……i
第一章　巻頭二首の詠作事情……一
第二章　求婚者たちへの返歌――二十九・三十・三十一番歌をめぐって――……二七
第三章　「西の海の人」からの返歌――十五番歌からの五首をめぐって――……四一
第四章　紫式部の越前往還――二十～二十四、八十～八十二番歌をめぐって――……五七
第五章　「ふみを散らす」ということ――三十二番歌詞書を糸口として――……七三
第六章　紫式部夫妻の新婚贈答歌――八十三・八十四番歌をめぐって――……八七
第七章　ことわりや君が心の闇なれば――四十五番歌の解釈について――……九九
第八章　喪中求婚者説の否定――四十九番歌は夫宣孝の作――……一一一
第九章　『紫式部集』自撰説を疑う……一三三

第十章　『紫式部集』に見る紫式部の前半生……一四五
第十一章　『紫式部集』の生成……一四九
翻刻　実践女子大学図書館所蔵『むらさき式部集』……一六三
あとがき（付・初出一覧）……三二一
人名索引・和歌索引……三三〇

第一章　巻頭二首の詠作事情

一

『紫式部集』巻頭の二首と、その詞書（及び左注）は、次のようなものである。なお、本書に引用する『紫式部集』の本文については、「はしがき」を参照されたい。

　はやうよりわらは友達なりし人に、年ごろへて行きあひたるが、ほのかにて、十月十日のほど、月にきほひて帰りにければ

めぐりあひて見しやそれともわかぬまに雲がくれにし夜半の月影　（一）

　（一行分空白）

その人、遠き所へ行くなりけり。秋の果つる日来たる

　暁、虫の声あはれなり

鳴き弱るまがきの虫もとめがたき秋の別れやかなしかるらむ　（二）

この二首の詠作事情を述べる詞書（及び左注）の文意は明瞭であって、誤読の余地はないように、私には思われ

る。ところがこれまで、この詞書（及び左注）の解釈をめぐって多くの言説がなされ、いまだに決着を見ない有様である。本章では、従来の諸説について批判すべきは批判しつつ、私なりの解釈を提示してみたい。

二

『紫式部集』の注釈的研究としては、岡一男氏、竹内美千代氏、清水好子氏、山本利達氏、木船重昭氏、南波浩氏、伊藤博氏、中周子氏等(1)による研究の蓄積があり、ほぼ次のような「通説」ができあがっていた。その最大のポイントは、詞書にいう「十月十日」は「七月十日」の誤りとするところにある。すなわち、その「通説」によれば、式部は七月十日に幼なじみの女性と何年かぶりに対面したが、心ゆくまで話しあう時間もなく、彼女は夜の更けないうちにと、あわただしく帰って行った。その折の歌が一番歌である。その後、この女性は地方官に任命された近親者に伴なわれて地方へ下向することとなり、同じ年の九月末日（「秋の果つる日」）、式部のもとに暇乞いに訪れた。ひと晩語り明かした暁に詠まれたのが二番歌である。

このような「通説」に対して異議を唱えられたのは、後藤祥子氏と工藤重矩氏である。工藤氏は「紫式部集一・二番歌について」（同氏著『平安朝和歌漢詩文新考』所収）において、詞書の「十月十日」はそのままで解釈すべきであり、一番歌と二番歌とが同一人物との連続したやりとりだという根拠はないと論じられた。「通説」において、「十月十日」が「七月十日」に改められた理由は、幼な友達との二度目の出会いが「秋の果つる日」で、それが九月末日であるとするならば、一度目の出会いが「十月十日」では時間が逆転してしまうと考えるところにある。そこで、『新古今集』雑上（一四九七）に一番歌が、「はやくよりわらは友だちに侍りける人の、年ごろへて行きあひたる、ほのかにて、七月十日のころ、月にきほひて帰り侍りければ」という詞書のもとに収められている事実を根拠として、字形の類似のせいで『紫式部集』では「七」が「十」に誤られたと判断されたのであった。しかし、南波浩氏のご研究（『紫式部集の研究　校異篇伝本研究篇』）によれば、『紫式部集』諸本においては、勅撰集の本文によって改変が加えられている別本系の数本をのぞく全ての伝本に「十月十日」とある由であるから、これを「七月十日」と改訂すべき理由はない。それは、『紫式部集』の記述を根拠として『新古今集』の「七月十日」を「十月十日」と改訂すべき理由がないのと同様であって、『紫式部集』と『新古今集』とは、言うまでもなく別個の作品なのである。

工藤氏は「通説」を批判し、「十月十日」の本文のままで解釈を試み、それでは時間的に逆転が生じるとする「通説」に対しては、一番歌と二番歌とが時間的に連続した同一人物とのやりとりだという根拠はないと主張しておられる。氏は「一番はある年の十月十日の事、二番はまた或る年の秋の終りの日の事となる。もし仮に『紫式部集』が年代順に配列されているという立場にたっても、矛盾することではない」とされるのである。

この工藤氏の新説は、一番歌に続く「その人、遠き所へ行くなりけり」という一文についての独自の考察にもとづくものである。氏はこれを一番歌の左注であると位置づけ、「「なりけり」という語は、その事を初めて知ったという気持ち、あるいは確認の気持ちを表すが、ここでは「その人」すなわち「童友達」が急いで帰って行った理由の説明としての左注である。前に記された事柄を補足説明するのであって、後文にはかかわらない」とのべておられる。そして、この一文についての清水好子氏の次のような考え方を強く批判された。

じっさいにこの一行は第二首のための詞書というより、第一首のためのもの、第一首から引きつづき溢れた言葉であろう。というのもやはりあてはまらないのであって、正確には、第一首、第二首両者を含めて、ある一人の友人を記し止めるための言語になっているのであろう。「その人遠き所へいくなりけり」の一行が第一首と第二首の間に置かれ、第一首から第二首が導き出される強い絆《きずな》になっている。（岩波新書『紫式部』）

工藤氏がこの清水氏説を批判し、「その人遠き所へ行くなりけり」の一文を「後文にはかかわらない」左注と主張されるのは、『紫式部集』の中の他の部分に見出される左注の機能を見定めた上でのことである。まず三一・三二番歌。

ふみの上に、朱といふ物をつぶつぶと注ぎかけて、涙の色など書きたる人のかへりごとに
くれなゐの涙ぞいとどうとまるるうつる心の色に見ゆれば　（三一）
もとより人の娘をえたる人なりけり
ふみ散らしけりと聞きて、ありしふみどもとりあつめてをこせずはかへりごと書かじと、言葉にてのみ言ひやりければ、みなをこすとて、いみじく怨じたりければ。睦月十日ばかりのことなりけり
とぢたりし上のうすらひとけながらさはたえねとや山の下水　（三二）

三一番歌直後の「もとより人の娘をえたる人なりけり」の一文について清水好子氏は「「もとより人の女を得たる人なりけり」という注釈は、あとの歌の詞書の意味を知ると、前の歌の解説のためにだけ述べられたのではなく、あとの歌の詞書の一部であることがわかる」（前掲書）とのべておられるが、工藤氏はこれを「紫式部集を伝記資料として使用するためのまことに巧みなテクニック」と批判し、「「もとより」云々は三一番歌の左注とし

て解釈し、三二番歌とは切り離さないといけない。切り離したうえで三二番歌を解釈すべきだと思われる」と主張される。従うべき見解といえよう。なお、南波浩氏も『紫式部集全評釈』において、この一文が三一番歌の左注であって三二番歌の詞書ではないことを詳細に論じておられ、間然するところがない。次に九六〜九八番歌。

ものや思ふと人のとひたまへる返事に、長月つごもり
はなすすき葉わけの露や何にかく枯れゆく野辺にきえとまるらむ　（九六）
わづらふことあるころなりけり。
かひぬまの池といふ所なんあると、人のあやしき歌語りするを聞きて、心みに詠まむと言ふ
世にふるになぞかひぬまのいけらじと思ひぞ沈む底は知らねど　（九七）
また、心地よげに言ひなさむとて
心ゆく水のけしきは今日ぞ見るこや世にへつるかひぬまの池　（九八）

清水好子氏は九七番歌と九八番歌をとりあげて「「わづらふことあるころなりけり」は前の歌（九六番歌―徳原注）の補注なのだが、今の歌にも関連するものである。「……なりけり」という形の詞書は、式部集ではだいたいそのような働きをする。式部は病気だった。見舞いの人が耳馴れぬかひ沼の池というところに因む歌物語をしてくれた」云々とのべておられる。これに対して工藤氏は、九六番歌について次のようにのべて批判された。

「何か悩みがあるのですか」と尋ねられた時の返歌である。例の「物や思ふと人の問ふまで」を踏まえた表現で、恋の悩みでもあるのかと尋ねられた（岩波文庫）のだ。左注の「わづらふこと」は病気ではあるまい。

恋ではない、別の何かの心配事だというのであろう。木船重昭『紫式部集の解釈と論考』（昭和五六年）は、

恋の悩みかと尋ねられたが、実は病気だったのです、との左注と解している。それも一解。ただし、新書が「式部は病気だった」として次の詞書と繋いで、「見舞いに来てくれた人が」云々というのは誤った解釈であろう。九七と九八は「かひぬまの池」をマイナスとプラスの両方面から歌に詠んだということで、病気とは関係がない。新書は「『……なりけり』という形の詞書は、式部集ではだいたいそのような働きをする」と言っているが、それは事実ではないことは、なお後述する。

長い引用になってしまったが、まさしく工藤氏の言われる通りであると考えるものである。なお、文中「新書」とあるのは、清水好子氏著『紫式部』（岩波新書）をさす。

このあと氏は、「和歌の後ろにくる「……なりけり」という形式の文は、左注の形式のひとつであって、和歌を読み慣れている小町谷照彦が言うように、これは「やはり」左注である。それはほとんど説明を必要としないほどの事柄である」(2)とも述べている。なお、南波浩氏も『紫式部集全評釈』において、「わづらふことあるころなりけり」が左注であることを論じておられ、説得力がある。

三一番歌、及び九六番歌に続く一文がいずれも左注であり、次の歌の詞書とかかわりがないことは、以上のように明らかである。しかし、私見によれば、一番歌に続く「その人遠き所へ行くなりけり」に限り、右の二例とはちがって、次の歌の詞書につながるものと判断される。その理由は次の二点である。

まず第一に、二番歌詞書の主語について。仮に一番歌の左注が二番歌の詞書「秋の果つる日来たる暁、虫の声あはれなり」と無関係と考えるならば、誰が「秋の果つる日来たる」というのか、不明と言わざるをえない。詞書に誰が来たのかが記されていないのは、それがすでに明示されているからとしか考えられないのであり、一番歌詞書に言う「はやうよりわらは友達なりし人」、同左注に言う「その人」がそれであることは自明である。工藤氏はこの点について、「私家集の詞書で主語を書かない場合は、主語は原則としてその歌人である。その点からも不審。定家本系も「人が来た暁に」と解するためには言葉が足りない。あるいは「秋果つる日」が「来た」の意か。ただし、用例未見。本文に錯誤があるのかもしれない」とのべ、結局匙を投げておられるのであるが、一番歌と二番歌を同一人物にかかわる一連の歌と考えるならば、何の問題もないのである。

第二に、左注の意味するところについて。「その人遠き所へ行くなりけり」という一文が、何を補足説明する左注なのかと言うと、「年ごろへて行きあひたる」のはなぜか、その理由を述べているのである。数年来会うことのなかった幼なじみ同士が、この日なぜ対面したのかというと、それは「その人」が遠い国へ旅立つことになったので、出立に先立って別れを告げるための訪問であったのだと、補足説明を加えているのである。この補足説明によって、一番歌に込められた作者の心情がより深く理解できることは言うまでもなかろう。さらにこの左注は、次の二番歌に言う「とめがたき秋の別れ」が、具体的に何を意味するのかを明らかにしている。すなわち、「その人遠き所に行くなりけり」の一文は、一番歌の左注であるだけではなく、二番歌の詞書の一部としても機能しているのであり、そう考えなければ、二番歌で虫たちにとってのこの世との別れにたとえられている悲痛な別れとは何なのか、理解しがたいのである。

工藤氏は一番歌の左注について、先にも引用した通り、「……ここでは「その人」すなわち「童友達」が急いで帰って行った理由の説明としての左注である」とのべておられるのであるが、遠国へ下向する予定であるからといって、なぜこの夜、急いで帰宅しなければならないのか、理解しがたい。しいてその理由を忖度してみると、①早く帰宅して、旅立ちの支度にかからねばならなかった、②この夜が旅立ちの当日であった、といった理由が考えられようか。しかし、旅立ちの支度は、下向が本決まりになった時から、一家をあげて着々と進められているはずだから、この夜、彼女の帰宅が遅くなったからといって、大勢に影響はないのではなかろうか。また、あわただしい出立当日の訪問というのも、考え難いように思う。遠国への下向となれば、親しい人々への暇乞いも、出立に先立つ大切な用務として、スケジュールに組み込まれていたのではなかろうか。幼なじみと久しぶりに対面し、心ゆくまでなごりを惜しむために、まる一日が空けられていたとしても不思議はなかろう。歌に「めぐりあひて見しやそれともわかぬまに」とあるのを、対面が短時間であったと言葉通りに解してはならない。これは、会わなかった時間の長さに比べて対面の時間はあまりに短く、時のたつのを忘れたという思いの和歌的表現なのである。

このように、左注「その人、遠き所へ行くなりけり」は、童友達が急いで帰って行った理由の説明ではありえないだろう。ちなみに、幼な友達が帰宅を急いだ理由は、推測するしかないのであるが、彼女が家を出る時、家族に釘をさされた門限が迫っていた（あるいは、すでに過ぎていた）といったところか。京の町中といえども、月明かりのない深夜の通行がいかに危険であるか、だれもが身にしみてこころえていた時代であったろう。

三

一番歌と二番歌は同一人物を対象とする一続きの歌ではないとする工藤重矩氏の説を批判し、これを一連の作と解すべきことを述べてきた。それではやはり「通説」のように、「十月十日」を「七月十日」と改訂することによって、「十月十日」の後に「秋の果つる日」が来るという時間の逆転を解消しなければならないのだろうか。

私見によれば、その必要は全くない。私は、この二首の詠作事情について「通説」が、幼なじみとの対面が二度あったとしているのに疑問を呈したい。以下この「通説」を「二度対面説」と称することとするが、私は二人の対面の機会は一度であったと考えるものであり、実は同様の考え方は、すでに後藤祥子氏によって提唱されている。

「二度対面説」を初めて明瞭に打ち出されたのは、岡一男氏であろう。氏は『源氏物語の基礎的研究』（六五頁）において、「幼な友達が父か良人にともなはれて地方に下つてゐたのが、上京して挨拶に来たと思ふと、また遠方に赴任することになつて名残を惜しみに来た」云々と述べ、また『源氏物語講座　第六巻　作者と時代』(3)所収「紫式部の生涯」において、詳しく次のようにのべておられる。

この幼な友達はよく彼女が遊びに行った近所の娘か親戚のむすめで、地方官の父か良人にともなわれて田舎に下っていたのがちょっと上京して来たのと、偶然共通の友だちの邸か、寺社か何処かで車で出会ったのであろう。その友だちは、自分が上京しているのを紫式部に知らせてなかったのがバツが悪くて、すぐ姿を消したのであろう。そして十月四日、秋はつる日にまた遠地に赴くことになって、紫式部の家に訣別に来たのであろう。

この後、清水好子氏も『紫式部』において、「冒頭の歌は友だちとの再会が詠まれているが、式部集の二首目は別離を歌うものである。（中略）娘は積極的な気性の人らしく、今回は式部の家に別れを言いに来ている。前の歌には「行きあひたる」とあるから、二人はどこかで落ち合ったのだ」と、当然の事実であるかのように、「二度対面説」によって解釈しておられる。この書の影響力の大きさからして、「二度対面説」はここで「通説」化したと言ってもいいのではなかろうか。

しかしながら、先入観を排して改めて本文を凝視してみると、「二度対面説」はきわめて無理な解釈であるように思われる。一番歌の詞書から左注に至るまでに、二度の対面を物語る記述がないことは明らかであろう。したがって、「二度対面説」の当否は二番歌の詞書「秋の果つる日来たる暁、虫の声あはれなり」にかかっていると言うべきなのだが、この「秋の果つる日来たる」という記述が、「十月十日」における幼な友達の来訪について、改めて別の言葉で述べていることは明白で、これが「十月十日」以後の二度目の対面であるなどとは、どこにも書いてないのである。「二度対面説」は、詞書の「十月十日」を「七月十日」と改変することなしには成立しない解釈なのである。

幼な友達との対面は一度であった。彼女は地方官に任命された親族に伴われて地方へ下向することとなり、幼ななじみで今でも大切な友人である式部に別れを告げるために、式部の家を訪れたのである。それは十月十日のことであった。久しぶりの対面に、時を忘れて話しこむうちに夜がふけ、彼女はあわてて辞去した。なごりを惜しみつつ詠まれたのが一番歌である。一人とりのこされた式部は、おそらくまんじりともせずに秋の果てる一夜を明かし、冬に入る日の暁、鳴き弱る虫の音を耳にして二番歌を詠んだ。詞書と左注の語る二首の詠作事情は、このようなものである。

ところで、「通説」に慣れた目から見ると、右の解釈には問題点が二つあるとみなされるだろう。一つは、先にもふれた時間の逆転について、もう一つは、動詞「行きあふ」の語義についてである。まず後者から検討しよう。

一番歌詞書の「行きあひたるが」について、岡一男氏は前掲「紫式部の生涯」において、「偶然共通の友だちの邸か、寺社か何処かで車で出会ったのであろう」と説明しておられるのであるが、工藤氏はこれを評して、「『基礎的研究』と比較すると、一番歌詞書の「ゆきあひ」の語義が「偶然…」と正しく改められている」と述べられた。一方、清水好子氏は、先にも引用した通り、「前の歌には「行きあひたる」とあるから、二人はどこかで落ち合ったのだ」と解しておられるが、工藤氏は「行きあふ」を偶然の出会いと解する立場から、清水氏の解釈を誤りと判断された。

しかしながら、「行きあふ」は離れていた二人が出会うことを意味する動詞ではあるが、その出会いがどのようなものであったかは、前後の文言によって示されるのである。すなわち、「行きあふ」の語義は、出会いの実態にまでは及ばない。南波浩氏は『紫式部集全評釈』において、動詞「行きあふ」の用例を検討し、「道で、偶然に、ばったり出会う意」「たがいに訪ね合う意」「月日を経て、めぐり逢う意」等を指摘しておられるが、いずれも「行きあふ」自体にそのような語義が存するわけではなく、前後の文言によってそれらの解釈が決定づけられるのである。中でも特に注目すべき用例は、実践女子大学本『紫式部集』一五番歌の詞書である。

姉なりし人なくなり、又、人のおとと失ひたるが、かたみに行きあひて、なきがかはりに思ひかはさんと言ひけり（後略）

この「かたみに行きあひて」を「互いに偶然出会って」などと解せるはずもなく、「互いに家を訪ねあって」の意であることが、「かたみに」なる語の存在によって生じてくることは明らかといえよう。したがって、一番歌詞書の「行きあひたる」にしても、それだけでは式部が幼な友達と出会ったとしか解しえず、その出会いの実態については、後の「帰りにければ」「来たる」などの文言によって、友達が式部の家に来訪したのであったことが読み取れるのである。

次に、時間の逆転とされる問題について検討しよう。私見によれば、幼な友達が来訪した十月十日が「秋の果つる日」であった。これは「秋の果つる日」を九月末日と解する「通説」に従う限り、成り立ちえない解釈だが、

「秋の果つる日」を立冬の前日と考えるなら、疑問は難なく解決されよう。ちなみに、十月十一日が立冬にあたる年を、式部の在世時に求めるならば、それは正暦元年（九九〇）ただ一度である。[4] ただ一度であっても、該当する年は式部の在世中に確かに存在するのであり、しかもその年式部は、その生年を天禄元年（九七〇）とする今井源衛氏説によれば二十一歳、生年を天延元年（九七三）とする岡一男氏説によれば十八歳にあたり、巻頭二首は式部若年の作とする通説と、いささかも矛盾しないのである。十八歳の娘にこのような秀歌が詠めるのかという疑問に対しては、式部の才能をもってすれば詠めたのであろうとも言えようし、仮にこの折に詠めなくても、後年この日の思いを想起して歌にしたのがこの二首であったと想像する余地もあろう。一番歌は帰宅を急ぐ友人に口頭で詠みかけたものなのか、二番歌は翌日友人宅に届けたのか、友人からの返歌はあったのか。そのたぐいの実情が何も書かれていないのは、これら二首が後日の創作であったことを示唆しているのかもしれない。しかし、事実はどうであれ、『紫式部集』を読む限りにおいては、一番歌は正暦元年十月十日の夜、二番歌は翌日の暁方に詠まれたと解釈すべきであることは言うまでもない。

四

「秋の果つる日」を立冬の前日とする解釈は、早く岡一男氏の研究の中に見出される。先に引用した「紫式部の生涯」に、「十月四日、秋はつる日にまた遠地に赴くことになって、紫式部の家に訣別に来たのであろう」とあるのがそれで、幼な友達の来訪を九月末日ではなく、十月四日としておられるのである。氏は巻頭二首を式部の越前下向の前年、すなわち長徳元年（九九五）の作とする立場から、この年の立冬を十月五日、その前日は十月四日と割り出されたのであろう（ただし、正しくは長徳元年の立冬は十月六日）。しかし氏は「二度対面説」をとり、一度目の対面を七月十日としておられるのであるから、「秋の果つる日」が九月末日であっても十月四日（五日）であっても、解釈にはほとんど影響を及ぼすことはなかったのである。

この問題について画期的な提言をされたのは田中新一氏である。氏は著書『平安朝文学に見る二元的四季観』(5)においで『紫式部集』の巻頭二首を取り上げて、その詠作年代をさぐり、次のように述べておられる。

「紫式部集」の第二首は立冬前日の歌と見、かつ第一首の「十月十日」の詞書を正しいものとして読みとる時、十日に久方振りの邂逅を遂げたばかりなのに、追っかけて地方下向に伴い別離の挨拶に来たとする第二首は、十月十一日以降に「立冬の前日」を迎える年の出来事ということが分かる。即ち、十月十二日以降に立冬を迎える年を検出すればよい筈である。『日本暦日原典』によってその年を検出すると、次の年が浮び上がってくる。

こうして氏は天元五年、正暦四年、長保三年、寛弘六年、長和元年の五か年を検出し、一々について検討を加えた結果、正暦四年（九九三）をその年と結論づけられたのである。正暦四年は十月十五日立冬であるから、幼友達の来訪は十月十四日ということになる。きわめて興味深い御論であるが、田中氏は「二度対面説」を採用されたために、十月十日に一度目の対面、その四日後に二度目の対面という、氏自身「十日に久方振りの邂逅を遂げたばかりなのに」と述べておられるように、やや不自然ないきさつを想定せざるをえなかったのである。一度の対面だけではなごりが尽きなかったため、四日後に改めて訪問し、夜通し語り明かしたといったいきさつは、ありえないことではないが、詞書や左注のどこにも、そのような経緯は書かれていない。『紫式部集』の詞書・左注は、おおむね和歌の詠作事情を過不足なく語っているると判断されるのであり、巻頭の二首についても、書かれざる込み入った詠作事情を想像すべきではないだろう。
ところで田中氏は、右引用文に続けて、次のように述べておられるのである。本章の論旨と深くかかわる論述なので、長い引用をお許しいただきたい。

なお、第一首と第二首を同一時点の詠と読みとる事も全く不可能というわけではない。即ち、「その人とをきところへいくなりけり」を二首を結ぶ紐帯として、「十月十日久方振りに遭遇した童友達は早々に帰ってしまったが、それは遠国へ下向のための挨拶にやって来たのであった。その日は丁度秋果つる日、その日にやって来て、明くる払暁、秋にも友にも別れる悲哀を味わわされることになった」と読みとるのである。この解釈が許されるならば、十月十日即「立冬の前日」という年を検索すればよい。それは式部の在世中には一度だけで、紛れることはない。即ち、正暦元年（九九〇）である（岡氏説十八歳・今井氏説二十一歳）。ただし、「その人とをきところへいくなりけり」を第一首の後注として見る事はよいとして、続く「秋の果つる日……」まで第一首に直結させて読みとることの深読みに過ぎるを憂え、また「行きあひたる」を第二首の「来たる」と同義とするに若干の疑義も感じられるので、常識的に両首は別時点の歌とみておきたい。

ここに示されている解釈は、本章において私が提示した解釈と同一であるが、田中氏は結局、この解釈を自ら否定してしまわれたのである。その理由として氏は「「秋の果つる日……」まで第一首に直結させて読みとることの深読みに過ぎるを憂え」と述べておられるのであるが、これを二度目の来訪と考える「通説」こそが、本文から逸脱した深読みにほかならないことは、本章のこれまでの記述によって明らかにしえたと思うのである。また氏は「「行きあひたる」を第二首の「来たる」と同義とするに若干の疑義も感じられる」としておられるが、「行きあひたる」は長らく会う機会がなかった二人が出会ったことを意味し、「来たる」は友達が式部の家に来訪したことを意味するので、同義ではない。同じ出来事について異なった語彙をもって表現し、その出来事についての二つの情報を提供しているのである。このように、その場その場で情報を小出しにするのは、平安朝仮名文学にしばしば見出される筆法にほかならない。

『紫式部集』巻頭二首の詠作事情について、これを一夜の出来事であると初めて主張されたのは後藤祥子氏である。氏は論文「紫式部集冒頭歌群の配列」(6)において、次のように述べておられる。

ところで「七月」と改める場合だが、式部集の受け取り方としてこれは果たして自然だろうか。つまり七月とすると、幼な友達は七月十日に何年ぶりかに式部と邂逅して、次に立冬前日か九月尽日（千載集四七八詞書）にもう一度式部のもとを訪れたことになる。この解釈だと1詞書にいう「年ごろ経て行きあひたる」という奇遇の語感が、すっかり薄れて無意味になってしまうのではないか。そして何よりも、1左注とも2詞書とも位置づけられるこの集独特の表現―そしてこれこそが冒頭歌群を自撰と印象づけている特色の一つだが―、

その人、とほきところへいくなりけり

の一文は、1の「年ごろ経」た邂逅が、そっくりそのまま新たな別れの始まりであったことへの慨嘆でなくて何であろうか。いわゆる現代語訳の語感としては、「その人はその後やがて、遠い所へ行くことになったのでした」ではなく、「その人がその日久々にやって来たのは、実は遠い所へ行くことになったからだったのでした」ではないだろうか。

私はこれに賛同するものであるが、近年の刊行になる諸氏の注釈や論考においては、いまだに「二度対面説」が無批判に採用されることが多いようなので、本章では後藤氏の驥尾に付して、やや異なった観点から、この問題

について論じた次第である。

五

互いの家を訪れては、遊び暮らした幼い日々。しかし、恋愛に夢中になる年ごろともなれば、同性の幼な友達とは、わざわざ機会を作って会おうとまでは思い立たないまま、何年かが経過することもあるだろう。また、式部のように早く母親をなくした娘は、家政に目を配る責任もあろうから、気ままな外出はできかねよう。要するに、娘たちはそれぞれの人生を歩み始めたのである。お互い都に住んでいて、会いたければいつでも会えると思えばなおさらのこと、対面の機会がなく年月を重ねてしまうのは、無理からぬ次第といえよう。しかし、地方へ下向するとなれば、この先長く対面の機会は失われるし、今生の別れとならないとも限らない。幼な友達は、何年会っていなくても大切な友人であることに変わりない式部に別れを告げるため、わざわざ式部の家を訪れたのである。それは正暦元年（九九〇）十月十日、立冬の前日のことであった。彼女たちが積もる話を夢中になって語り合った時間がどれほどであったかはわからない。仮に日がな一日語り合ったとしても、彼女たちにとっては、ほんの束の間としか感じられなかったに違いない。詞書に「ほのかにて」とあり、一番歌に「見しやそれともわかぬまに」とあるのは式部の実感であって、実際に短時間の対面であったかどうかはわからない。『伊勢物語』第六九段に「まだ何ごとも語らはぬに帰りにけり」とあるのが想起される。

友達は夜の更けぬうちにと帰って行った。それは中流家庭の姫君（あるいは妻女）にとって当然のたしなみであったろうし、月明かりのない夜道の危険を考えれば、なおさら当然の辞去といえよう。一人とり残された式部がなごりの尽きぬ心境を詠じたのが一番歌である。やがて夜が更け、弱々しげに鳴く虫の声を耳にして詠まれたのが二番歌であった。立冬にあたる十月十一日の夜明けが、間もなく訪れようとしていた。

『紫式部集』の巻頭二首の詞書及び左注から読みとることのできる詠作事情を、妥当と思われる推測をも付け加えながら記述してみた。ただし、このような事実が存在したと主張するものではないことを、おことわりしておきたい。あくまでも『紫式部集』という作品の冒頭部をこのように読み解くことができるというまでのことであって、右の記述の中で歴史的事実として立証できるのは、正暦元年十月十一日が立冬であったという一事にすぎない。

さて、いまひとつ論じておきたいのは、実践女子大学本『紫式部集』冒頭部に存在する一行分の空白についてである。この本の翻刻は本書巻末部に掲載しているが、説明の都合上ここにも、その第一丁表のみ、原本通りの字配りで翻刻してみよう。

　　はやうよりわらはともたちなりし人
　　にとしころへてゆきあひたるか
　　ほのかにて十月十日のほと月に
　　きおひてかへりにけれは
　めくりあひて見しやそれともわかぬまに
　くもかくれにし夜はの月かけ
　　　（一行分空白）
　　その人とをきところへいくなりけり

あきのはつる日きたるあかつきむし
のこゑあはれなり

実践女子大学本『紫式部集』には、これ以外に二か所の空白部分が存在する。一つは、一七番歌の後に「かへし」とのみあって返歌がなく、二行分の空白が置かれているというものであるが、これはそこに書かれるべき返歌一首分のスペースである（ちなみに、本来ここには返歌はなかったであろうとの私見を第三章で述べる）。もう一つは七八番歌の後の四行分の空白であるが、七九番歌に「返し」との詞書が付されているから、七九番歌に先立つ一首の、詞書二行分と歌二行分に相当するスペースとして空白部が置かれているものと判断される。ところが、一番歌の後の空白は一行分にすぎず、和歌一首のために空けられたスペースとは考えられないし、そもそも、ここに和歌あるいは何らかの文言が本来存在したと考えるべき理由はない。

実践女子大学本『紫式部集』は、本奥書に「以京極黄門定家卿筆跡本不違一字至于行賦字賦雙紙勢分如本令書写之」云々とあるように、その親本は「京極黄門定家卿筆跡本」を一字違えず、字配りや頁移りも忠実に書写したとのことであるから、この一行分の空白も、原本を継承したものであろう。では、この空白部分は何を意味しているのであろうか。ここに本文の脱落が想定できないということであれば、たとえば、本集の編者あるいは書写者が、ここにわずかな空白を置くことによって、一番歌と二番歌が別時の成立であること、本章の用語で言えば、「二度対面説」を主張しているという見方が生じないものでもない(7)。それは本章の結論と真っ向から対立する推定である。しかし、他の二か所の空白部分が、先に見た通り本文の脱落を想定した空白であり、読解上の区切りを示す空白部は見出せないことからも、この推測は成り立ち難い。

私はこの空白部が存在する理由について、一つの推定を下しておきたい。近時、冷泉家時雨亭文庫所蔵本の精査が進み、いわゆる「定家監督書写本」の存在がクローズアップされている。それらの中には、本文は全て側近に書写させ、定家はそれに校訂を加え、外題を付しただけのものもあれば、本文の冒頭部を定家が書写し、残りを側近に書写させているものも多い。後者の場合、冷泉家時雨亭叢書『平安私家集四』所収の『恵慶集』のように、第二一丁に至るまで定家が書写しているようなものもあるが、冒頭部のごくわずかのみ定家の書写というものが多数を占めているようである。

それらの中で、冷泉家時雨亭叢書『平安私家集五』(8)所収の『六条修理大夫集』は、問題を解く鍵となるように思われる。同書「解題」（田中登氏執筆）によれば「外題は表紙中央からやや左寄りの所に「六条修理大夫集」と打ち付け書きにするが、これは定家の筆。本文の方は、一オと二ウの四行目までが定家で、以下は側近の手になるもの」とのことである。そこで同書二六四頁に影印されている『六条修理大夫集』第二丁裏を見ると、次のような注目すべき事実が見出される。字配りをそのままに翻刻する。

　　とをく郭公をきくといふ心を
山ひこのこたへさりせは郭公
ほかになくねをいかてきかまし
　　郁芳門院根合歌
　　（一行分空白）
さりともとおもふはかりやわかか
こひのいのちをかくるたのみなるらん
　　遐齢如松題

ふたはなるまつをひきうへて
たれもみなおなしちとせのかけをこそ(9)

「さりともと……」の一首が郁芳門院根合の歌であることは同根合本文（中右記抄出本）によって確認できるし、『私家集大成　中古II』所収・神宮文庫本『六条修理大夫集』では「郁芳門院根合歌」という一行に続けて「さりともと……」の一首が書かれていて、空白部は存在しない。「郁芳門院根合歌」の一行が「さりともと……」詠の詞書であることは明白であって、ここに一行の空白を置く理由はないのである。冷泉家時雨亭文庫本『六条修理大夫集』において、ここに一行の空白があるのは、「郁芳門院根合歌」までが定家の書写、「さりともと……」詠以下が側近による書写であるという書誌学的事実に理由を求めざるをえないだろう。定家筆の部分から一行空けて側近が書写を始めたのが定家の指示によるものなのか、側近の判断によるものなのか、また、そうした理由は何なのか、私には判断しかねるのであるが、ともあれ、定家筆の部分と側近筆の部分との間に一行の空白が置かれているという事実は明白である。

実践女子大学本『紫式部集』の本奥書に「京極黄門定家卿筆跡本」を正確に書写したとされていることは先に述べた通りである。この奥書を信じて推測を加えるならば、この本の祖本はまさしく定家本、厳密に言えば「定家監督書写本」であり、定家が冒頭からの六行を書写し、一行の空白を置いて側近が「その人とをきところへいくなりけり」以下を書写したという経緯が、『六条修理大夫集』における事実から類推できるのではないだろうか。逆に言えば、実践女子大学本『紫式部集』の冒頭近くに、冷泉家時雨亭文庫本『六条修理大夫集』冒頭部と同様、本文の脱落とかかわりのない一行分の空白が存在することは、この本の親本がその奥書に言うように、まさしく定家本（定家監督書写本）の写しであったことを物語る事実であるといえよう。

ところで、よく知られているように、「藤原定家筆　紫式部集切」とされる古筆切が伝存している。[10]『古筆学大成』によれば七葉が現存しており、本文はいずれも『紫式部集』の後半部に属する。定家真筆とされているようであるが、その鑑定が正しいのであれば、全てを定家が書写した『紫式部集』も存在したということになる。すなわち、定家は自ら『紫式部集』を書写し、さらに一本を側近に書写させた。前者の一部は古筆切として伝存し、後者は実践女子大学本の祖本である。おそらく定家自筆本には、一番歌の後に空白部はなかったであろう。[11]

余説

『紫式部集』の記述を歴史的事実と直結させるのには慎重でなければならないことは、すでに述べた通りである。以下は、正暦元年十月十日に式部の幼な友達が、地方へ下向するに先立って式部の家を訪れたという事実が存在したと仮定した上での推測である。

正暦元年（九九〇）という年は、後に式部の夫となる藤原宣孝にまつわるエピソードによって、紫式部伝に特筆されている年でもある。それを物語る『枕草子』の「あはれなるもの」の段の一節を引用しよう。[12]

（御嶽には）なほいみじき人ときこゆれど、こよなくやつれてこそ詣づと知りたれ、衛門の佐宣孝といひたる人は、「あぢきなきことなり。ただきよき衣を着て詣でむに、なでうことかあらむ。かならず、よも、あやしうて詣でよと、御嶽さらにのたまはじ」とて、三月つごもりに、紫のいと濃き指貫、白き襖、山吹のいみじうおどろおどろしきなど着て、隆光が主殿の亮なるには、青色の襖、紅の衣、摺りもどろかしたる水干といふ袴を着せて、うち続き詣でたるを、帰る人も今詣づるも、珍しうあやしきことに、すべて昔よりこの山にかかる姿の人見えざりつと、あさましがりしを、四月ついたちに帰りて、六月十日のほどに筑前の守の辞せしになりたりしこそ、げに言ひけるに違はずも、ときこえしか。

小右記によれば、宣孝の任筑前守は正暦元年八月三十日であり、前任者藤原知章の辞任について、「知章朝臣今春任、而着任之後子息及郎党従類三十余人病死、仍所辞退也云々」と記している。「子息及郎党従類三十余人病死」とは、流行病か集団食中毒か、いずれにしてもすさまじい惨劇である。彼らは知章に従って下向していた人達であるから、京には彼らの帰りを待つ多くの親族知友がいたはずで、悲劇の一報が届いた折には、都は一時騒然となったに違いない。「六月十日のほど」という日付は、この悲劇を記憶にとどめていた都人たちにとって、忘れ難い日付であったろうし、そのころ父元輔死去の報を肥後国から受け取った清少納言にとっては、正暦元年（永祚二年）六月というのは、なおさら忘れ難い夏であっただろう。(13) 先の宣孝の御嶽詣でのエピソードは、清少納言には、この六月の記憶と結びついて想起されるものであったに違いない。

ところで、八月三十日に筑前守に任命された宣孝は、いつごろ任国へ下向したのであろうか。九月早々に支度にとりかかったとしても、一家を挙げての任国への下向は、十月以後にずれこむ公算が大きいであろう。遠国への下向の挨拶のために、十月十日に式部の家を訪れた幼友達とは、ひょっとすると宣孝の娘ではなかったか。

これが蓋然性の高くない推測であることは認めざるをえない。たとえば長徳二年（九九六）、式部が父為時の任地越前へ下向したのは、『紫式部集』二二番歌の詞書に「夕立しぬべし」とあるところから、夏の頃と推測されているのであるが、赴任する為時と同行したと説かれることが多い。しかし、為時は任命後ほどなく赴任して、引継ぎ等の職務に精励しつつあり、一方式部は都の春を満喫し、賀茂の祭の見物もすませた上で、郎等や女房たちにかしづかれつつのんびり下向したと考える方が、実情にかなっていると言えるのではないか。一月の除目で任命されていながら夏まで赴任を延引するほど、為時が職務に怠慢であったとは考えられないからである。また、式部が父の任期が終わるのを待たずに帰京したらしいことは周知の通りである。地方官の赴任の延引や任期中の一時帰京がしばしば見られたことは記録に多くとどめられているが、その家族の下向や帰京はさらに自由でありえたはずで、八月三十日に地方官に任命された男の娘が十月十日に離京の挨拶に訪れるというのは、一つの可能性でしかない。

しかしながら、藤原宣孝の娘が式部の幼な友達で、長じた後も親友として交友があったとする想像は、たとえば『紫式部集』の次の歌を深く理解するために有益であろう。

　亡くなりし人の娘の、親の手書きつけたりけるものを
　見て、言ひたりし

夕霧にみ島がくれしをしの子の跡を見る見るまどはるるかな　(四三)

亡き宣孝の娘が父の筆跡を見て、その感慨を歌にしたのである。義母への歌の中で、娘が亡き父をおしどりにたとえたのは、娘が父と式部との夫婦関係を好ましく受け止めていたからにほかならないだろう。(14) この歌から読み取ることができるのは、娘と式部との深い心の交流であって、先妻の娘と義母との儀礼的な関係といったものではなさそうである。

宣孝と式部の結婚は、宣孝の娘にとっても、喜ばしいなりゆきであったのではないか。ひょっとすると、それは式部と宣孝娘との、長きにわたる深い友情のたまものではなかったか。式部の結婚については、婚期を逸した式部の妥協の結果といった古い見方がいまだに根強いようだが、右の想像は、そのような見方を相対化してくれるように思う。想像の上に想像を重ねるこの「余説」を、あえて執筆したゆえんである。

注

（1）ここにお名前をあげた方々の著書については、「はしがき」参照。

（2）引用文中「小町谷照彦が言うように」とあるのは、「紫式部集全歌評釈」（「はしがき」参照）における小町谷氏執筆部分の一文をさしている。

（3）『源氏物語講座　第六巻　作者と時代』（昭和46年12月　有精堂）

（4）『日本暦日原典』による。なお、この年は十一月七日に永祚から正暦と改元されたので、十月十一日は正しくは永祚二年であるが、年表類の検索の便を考慮し、ここでは正暦元年としておく。

（5）田中新一『平安朝文学に見る二元的四季観』（平成2年4月　風間書房）。初出は『愛知教育大学研究報告』第二十九輯（昭和55年3月）。なお、田中氏の論文が発表された後、佐藤和喜氏も「古本系紫式部集の表現」（『宇都宮大学教育学部紀要』第三十八号　昭和63年2月。後に同氏著『平安和歌文学表現論』平成5年2月　有精堂）において、「十月十日」の本文によって解釈を試みておられる。

（6）後藤祥子「紫式部集冒頭歌群の配列」（『講座平安文学論究　第六輯』平成元年10月　風間書房）

（7）稲賀敬二氏が「『紫式部集』の古写本の類が、一・二番の間に一行の空白を置いている理由は、本来、この一・二番の歌の詠まれた間に、いくばくかの記述があったのを、「その人、遠き所へいくなりけり」と要約してしまった時に、おのずから設定された空白とも解しうる」（『源氏の作者　紫式部』七九頁）と述べておられるのはその一例。また田中新一氏が『紫式部集新注』の中で、「底本実践本では、この両首の間に、一行分の空白が置かれている。同一の旧友についての両首を連作の形で配列しながらも、同一日ではないことのシグナルであろうか。実践本本文中に見る「空白」には、原作者自身の意思が覗いている事例がある（「解説」考察四参照）。この本を信じて注釈を進める限り、その空白を「後代、転写人の交替で生じた結果」とみる徳原茂実説（「紫式部集巻頭二首の詠作事情」『古代中世和歌文学の研究』所収）などで片の付く問題ではない」（同書六頁）と述べておられるのは、一行分の空白を「二度対面説」の根拠とされた論。しかし、このあと述べるように、拙論は冷泉家時雨亭文庫蔵『六条修理大夫集』に見える事実を根拠とする実証であるから、拙論を否定されるのであれば、この事実に対するお考えを示されるべきであろう。なお「後代、転写人の交替で生じた結果」という文言は拙稿からの引用ではなく、田中氏が拙論を要約されたもので、私は「転写人の交替」という言葉を使用していないことを付記する。

（8）冷泉家時雨亭叢書第十八巻『平安私家集五』（平成9年8月　朝日新聞社）

（9）続く「まて」の二文字は第三丁表右下に書かれている。

（10）小松茂美『古筆学大成　第十九巻　私家集三』（平成4年6月　講談社）

（11）『私家集伝本書目』（昭和40年10月　明治書院）に藤原定家筆『紫式部集』が挙げられている。それが存在するならば、定家は少なくとも二度『紫式部集』を自ら書写し、別に側近にも書写させたということになる。『紫式部集』を目にすることのできた定家の感激を想像すると、それはありえないことではなかろうし、定家が『百人一首』『百人秀歌』に『紫式部集』の巻頭歌を撰んだのも、その感激のなごりかと想像されなくもない。なお、定家自筆本が一本に限らないであろうことは、すでに南波浩『紫式部集の研究　校異篇伝本研究編』及び小松茂美前掲書に言及がある。

（12）石田穣二訳注『新版枕草子　上巻』（角川日本古典文庫）第一一五段より引用。

（13）「清原元輔　永祚二年六月卒　年八十三」（『三十六人歌仙伝』）。なお、元輔の享年については拙稿「清原元輔享年考」（『日本語日本文学論叢』創刊号　平成18年9月）に、独自の仮説を述べた。

（14）斎藤正昭氏も『紫式部伝』（平成17年5月　笠間書院）において、この歌について、「（継娘が）自らを「鴛鴦の子」になぞらえているのは、夫婦仲のよかった紫式部と亡父の子である意も込めたのであろう」（同書九〇頁）と述べておられる。

第二章　求婚者たちへの返歌

――二十九・三十・三十一番歌をめぐって――

一

本章では『紫式部集』の次の三首と詞書、左注について検討を加える。

近江守の娘懸想ずと聞く人の、ふた心なしなど、つねに言ひわたりければ、うるさくて

水うみの友よぶ千鳥ことならばやその湊に声たえなせそ　(二九)

歌絵に、あまの塩焼くかたをかきて、樵り積みたる投げ木のもとに書きて返しやる

よもの海に塩焼くあまの心からやくとはかかるなげきをやつむ　(三〇)

ふみの上に、朱といふ物をつぶつぶと注ぎかけて、涙の色など書きたる人のかへりごとに

くれなゐの涙ぞいとどうとまるるうつる心の色に見ゆれば　(三一)

もとより人の娘をえたる人なりけり

これまでの研究ではこの三首は、式部への求婚者にして後に彼女の夫となる藤原宣孝への返歌と解されてきた。『紫式部集』を式部の伝記資料として活用し、一時代の通説を確立した清水好子氏の『紫式部』（岩波新書）を中心に、他の諸先学の御説をも随時引きながら、従来の解釈について、一通りおさらいをしておきたいと思う。[1]

式部の父藤原為時は長徳二年（九九六）一月、越前守に任じられ、夏ごろ式部も越前に下向した。赴任する為時と同行したと説かれることが多いが、為時は任命後ほどなくして下向し、引継ぎなどの職務に精励しつつあり、一方式部は都の春を満喫し、祭見物も楽しんでから（ひょっとすると、伊周隆家配流事件をも見とどけてから）のんびり下向したと考える方が、為時の性格や信条、当時の実情などからして実際に近いのではないかと思われる。[2]式部の越前下向の折に詠まれたのが『紫式部集』の二〇番から二三番までの四首である。

さて、越前からの上京の折の作かと推測される二四番歌（第四章参照）に続く二五番から二八番までの四首が、越前滞在中の作であることは諸氏の説かれる通りであろうが、二八番歌についての通説には問題がある。説明の都合上、二七番歌をも含めて引用しよう。

降り積みていとむつかしき雪を、かき捨てて山のやうにしなしたるに、人々登りて、なほこれいでて見たまへと言へば

ふるさとに帰る山路のそれならば心やゆくとゆきもみてまし　（二七）

年かへりて、唐人見にゆかむと言ひける人の、春はとくくるものと、いかで知らせたてまつらむと言ひたるに

春なれどしらねのみ雪いや積りとくべきほどのいつとなきかな　（二八）

二七番歌では、雪の山を作って興じる国司の館の人々が、姫君（式部）の無聊をなぐさめようと、端近に出て見るようにすすめるのに、式部は一向気乗りのしない様子である。清水氏が「ぶすりとした横顔が見えるような歌いざまで、行き着いて間もないのに、都が恋しいというよりは、まるで越前の地がいっそのこと厭わしいかのような趣きである」と述べておられるのは、適切な感想であるといえよう。ところが氏は、これに続けて、「彼女にとって越前の生活はただ都のほうに眼が注がれているものだった。なぜそんなことになっていたかは、歌集の排列が教えてくれる。式部はずっとある男のことを心にかけていたのである。その男からは長徳三年（九九七）、年が明けると早々に式部の決断を迫るような文を寄越してきた」として二八番歌とその詞書を取り上げている。つまり氏は二八番歌を、藤原宣孝による求婚の便りに対する返歌と解しておられるのである。引用を続けよう（同書五三頁以下）。

男はかねて、「年が明けましたら、唐人を見にそちらへ参りますよ」と言い寄越して、いよいよ新春になると、「春になれば氷さえ東風《こちかぜ》に解けるもの、人の心もうち解けるものだと、どうかして教えてあげたいものです」と言ってきた。「唐人見に行かむ」というのは、長徳元年（九九五）の秋、中国から宋人《そうひと》が七十余人若狭の国に漂着し、交易を求めたが、当時わが国は外人との交際貿易を禁じていたので、朝廷ではしばらくその人々を越前に移り住まわせることにした。式部の父為時は一条朝における有数の文人であったので、越前に下るや、彼らと会見して詩を贈っている。（中略）「年返りて、唐人見に行かむ」というのは、その機会に自分も国司と同席したいから越前に行きますということである。それは当然国司の娘に逢うこと、結婚することを真の目的とするとは式部にもわかっていたはずである。このような口実を使うことができるのは父為時と親しい間柄の男でなければならぬから、十年前花山朝でおなじく蔵人《くろうど》を勤めた宣孝などがまっさきに考えられる。

このように二八番歌を宣孝への返歌とする見解は、岡一男氏の著書に始まり、近年に至るほぼ全ての注釈・解説に共通していると言っていいのであるが、これに対して真っ向から反論されたのは工藤重矩氏である。(3) 氏は二七番歌について「越前の地を、否定的に感じている和歌であるのは明白である。「なほ、これ出でて見給へ」に、閉じこもる式部への周囲の気遣いも伺えるであろう」と述べ、続けて次のように論じておられるのである。

これに続いて二八番の「春なれど」の歌がある。詞書の「年かへりて……」は、そのような式部の不機嫌を、春になったら唐人を見に行きましょう、春はすぐ来ます、春になれば雪も解けます、などと言って宥めすかす言葉だったと見れば、何も宣孝を持ち出す必要はない。前述のごとく、公務に在るはずの都の宣孝を持ち出すことの方がずっと不自然なのではなかろうか。二八の和歌も二五番からの流れの中での、国司の館の女性との遣り取りとして読めばよいと思う。

私はこの工藤氏のお考えに賛同するものである。確かに二八番歌の相手が宣孝であるなどとはどこにも書いてないのであって、工藤氏が同じ論考の中で、「相手が宣孝である根拠は何も無い。先入観なしに詞書を読めばわかるとおり、本当に何も無い」「(清水氏は)観念が先にあり、それにあわせて家集を解釈しようとしている」と言われる通りであろう。ただし「国司の館の女性との遣り取り」というのはいかがなものであろうか。確かにそれも一案であろうが、漢文学に関心の深い式部に中国人を見せて喜ばせてやろうという発想は、父為時にふさわしくはないか。(4)「知らせたてまつらむ」という敬語表現は、まな娘に対する父親の口吻として、さほど異例とは思われない。ちょっと変わったお嬢様であったに違いない式部は、この提案に心ひかれたであろうし、だからこそそれを詠草に書き残したのであろうが、一方、女房たちにすれば、異国の人々をわざわざ見に出かけるなどというのは、酔狂としか言いようのない発案ではなかろうか。

いずれにしても二五番から二八番までの四首は、工藤氏の主張される通り、国司の館における人々とのやりとりであることに間違いはないであろう。なお、実践女子大学本に「はるはとくゝるもの」、陽明文庫本にも「春はとくる物」とあるにもかかわらず、岡氏や清水氏はじめ、諸注多くが「はるはとくるもの」と校訂していることの不当性についても、工藤氏の指摘される通りであって、間然するところはない(5)。

岡氏を始め、清水氏や諸注が二八番歌を宣孝への返歌と説くゆえんは、越前からの単身帰京とその後の宣孝との結婚という式部の経歴を『紫式部集』の歌配列にあてはめて、二九番歌以下の三首を宣孝からの求愛に対する返歌、続く三二番歌以下を結婚後の遣り取りと見定め、さかのぼって二八番の詞書と歌に、越前滞在中の式部への宣孝からの働きかけを読み取ったものである。末流伝本に見られる「はるはとくるもの」という本文は、これを求婚者からの言葉と解することを容易にしたに違いない。本章では、従来常識とされてきたこのストーリーを白紙に戻し、二九番以下の三首について、改めて考えてみたいと思う。

二

二九番歌とその詞書を改めて引用しよう。

近江守の娘懸想ずと聞く人の、ふた心なしなど、つねに言ひわたりければ、うるさくて

水うみの友よぶ千鳥ことならばやその湊に声たえなせそ

この歌について工藤重矩氏は、「近江守の娘に懸想している人を、これまた岡一男氏以下かの宣孝だと言うのだが、近江守が源則忠だとしても、懸想した男が宣孝だということにはならないであろう。紫式部に言い寄ってきた（家集に記載されている）男はみな宣孝だという前提を外せば、他に宣孝だという根拠は何もない。二八番は宣孝と何の関係もない歌であるし、二九番もそうだから、二八・二九を宣孝に関する一歌群とみなすのは誤りである。二八番は前の歌群に連接させるべきである」（前掲書）と述べておられる。従うべき見解と言えよう。なお源則忠とは、このやりとりがなされたと岡一男氏が推定される長徳三年（九九七）における近江守であって、やりとりがいつのものとも知れないとなれば、近江守の詮索は無用となる。

さて、工藤氏は二九番歌については、これ以上のことは述べておられず、また三〇、三一番歌についてはご発言がないのであるが、私は工藤氏の驥尾に付して、いささかこの三首について卑見を述べてみたい。

近江守の娘に懸想しているという評判の男が宣孝だという根拠はないが、だからといって宣孝ではないという根拠もないと主張して水掛け論に持ち込み、従来のストーリーを擁護する立場もありえよう。確かに、宣孝ではないという確たる根拠はないのであるが、宣孝ではなさそうだという感触について、述べておきたいと思う。

これまでの研究によって明らかにされているように、宣孝が式部に求婚していたと推定される長徳三年（九九七）ごろ、宣孝の年齢は四十代半ばであった。(6) 四十歳で長寿を祝った当時のことであるから、宣孝は初老の域に達していたわけである。すでに何度かの結婚歴をもち、この年二十五歳になる長男隆光をはじめ、多くの子女をもつ身であった。さらに宣孝は、紫式部を妻にしたほどの男であるから、人間的にすぐれた一面をそなえた人物でもあっただろう。そのような人物が、式部に求婚していながら、さらに近江守の娘への「懸想」をとりざたされるというのは、何とも大人げない仕儀であるとは言えないだろうか。これはむしろ、いまだ定まった妻のない青年にぴったりの言動ではなかろうかと思う。すなわち二九番歌は、式部が若い男性からの求婚の対象になるほどに若かったころの歌と考える方が、初老の求婚者とのやりとりと考えるよりも、はるかに自然なのではないかと考えるものである。

そもそもこの歌を宣孝への返歌と解する通説は、ある種の偏見に支えられているのではないだろうか。その偏見とは、平安貴族は性愛にのみうつつをぬかす惰弱な人々であり、大地に根をおろした質実剛健な武士階級によって打倒されたのは当然とする、古色蒼然たる進歩史観である。このような、戦前は皇国史観によって、戦後はマルクス史観によって支えられた教科書的史観が、『源氏物語』をはじめとする平安文学と結びついた時、「一夫多妻」を謳歌する平安男性貴族というグロテスクな虚像を生み出すに至る。夫が訪れない夜は、彼は別の女性のもとを訪れているにちがいないとか、夫が遅くに訪れて来たのは、彼は別の女性に拒絶されたあげく、やむなく訪れてきたにちがいないとかいう、『蜻蛉日記』作者道綱母の、どこまで本心かわからぬ想像を、われわれが信じなければならない筋合いはない。いかに色好みの男でも、ある程度の年配ともなれば、時には一人で手足をのばしてゆっくり休みたいと思うのが人情ではないか。まして、現代とくらべて栄養状態も十分でなく、老いの訪れも早い時代である。妻子のある四十代半ばの分別盛りの男が、娘ほどの年齢の女性に二股をかけるというストーリーに疑問を抱かないのは、平安男性貴族が全て「光源氏」であるかのような素朴な偏見に囚われた結果としか私には考えられないのであるが、いかがなものであろうか。

次に三〇番歌とその詞書を改めて引用しよう。

歌絵に、あまの塩焼くかたをかきて、樵り積みたる投

げ木のもとに書きて返しやる

よもの海に塩焼くあまの心からやくとはかかるなげきをやつむ

男から贈られてきた歌絵に、海人が塩を焼く情景が描かれており、その絵の中の、薪（投げ木）が積み上げられているところに、この歌を書きつけて返したというのである。例のごとく諸注は、男を宣孝としているのであるが、その根拠はない。歌の意味は、あちこちの女性に身を焦がすあなたが、自分から求めてすることといったら、この絵の中に「投げ木」が積み上げられているように、「嘆き」をたくさん重ねることなんでしょうね、といったところだろう。

この歌絵を贈ってきた男は、おそらく二九番詞書にいう「近江守の娘懸想ずと聞く人」と同一人物であろう。式部が二九番歌によって、あなたが近江守のお嬢さんに求婚していることは私の耳にも入っていますよと言ってやったのに対して、男は、自分は近江の湖とは何のかかわりもない潮海の海人で、あなたを思ってこの通り身を焦がしていますと言って、塩焼きを描いた歌絵を送ってきたのであろう。

この歌絵を描いたのは式部であるとする説がある。詞書前半の「歌絵に、あまの塩焼くかたをかきて」をも式部の行為ととるのである。たとえば清水好子氏は「式部の返歌の場合、おそらく彩色はしないで、文《ふみ》を認める筆のついでに走り画いた即興の絵であろう。（中略）そのころの貴族は気軽に墨書きの絵を画いたものらしいが、それでも、こんな手紙を書くのはやはり念の入ったことで、まして恋文だとすると、文面はいかようであれ、手間のかかった文だということ自体、脈のある証拠だと思われても仕方のない返事である」（前掲書五九頁）とのべておられるのであるが、これは式部の心が宣孝へと次第に傾斜していくころのやりとりという文脈の中での理解である。しかし、相手を意中の人とする前提をはずしてしまえば、このような「念の入った」歌絵を女の方から贈るということはありえないだろう。そもそも、仮に結婚を間近にひかえた相手への返歌であるとしても、「脈のある証拠だと思われても仕方のない返事」を女から贈るというのは、当時の貴族社会の常識に反しているように思うのである。なお、山本利達氏、木船重昭氏、南波浩氏なども、式部が歌絵を描いたと解釈しておられるのであるが、いずれも相手は宣孝という前提のもとでの立論である。(7)

従来、どなたも問題にしていないことだが、歌絵を描いたのは式部とする解釈の大きな欠点は、この解釈によると、式部はだれからの、どのような手紙に対して歌絵を返したのか、詞書に説明されていないことになってしまうというところにある。それはきわめて異例と言わざるをえないだろう。贈答歌の返歌のみが示される場合、先立って相手からどのような働きかけがあったのか、全く記されないということは常識的には考えられず、従って「歌絵に、海人の塩焼くかたを描きて」というのは男の行為と解さざるをえない。主語が明記されていないのは、それが前の二九番歌の相手と同一人物であるからにちがいない。『紫式部集』では、新たな人物が登場する場合、人物紹介がなされるのが常で、たとえば一番歌の「はやうよりわらは友達なりし人」、三番歌の「箏の琴しばしと言ひたりける人」、四番歌の「方違へにわたりたる人」、八番歌の「はるかなる所に行きやせん、行かずやと思ひわづらふ人」、一一番歌の「もの思ひわづらふ人」など、例は多い。本章で問題にしている部分においても、二八番歌には「唐人見にゆかむと言ひける人」、二九番歌には「近江守の娘懸想ずと聞く人」、三一番歌には「ふみの上に、朱といふ物をつぶつぶと注ぎかけて、涙の色など書きたる人」と、いずれも人物紹介があるのに対して、三〇番歌にそれがないのは、これが二九番歌の相手と同一人物とのやりとりであり、新たな人物の登場ではなかったからにちがいない。

「歌絵に、あまの塩焼くかたをかきて」を男の行為と解するならば、この贈答を、男女間のやりとりとしてきわめて自然に理解することが可能となろう。求愛する男が手の込んだ恋文（この場合は歌絵）をよこすのは当然だし、その苦心の歌絵を手元にとどめることもせず、片隅に歌を書き付けて返却してしまうというのは、相手を問題にもしていないというメッセージにほかならない。また式部が、塩焼きの風景の中では点景として描き添えられていたにすぎないであろう「こり積みたる投げ木」にあえて注目し、それを男が重ねる「嘆き」にとりなして返歌をするのは、男の恋歌の中のなにげない語句をとらえて、男の予期せぬ曲解や揚げ足取りをする贈答歌の常套手段の応用といえるだろう。

三一番歌と詞書、左注を、改めて引用しよう。

ふみの上に、朱といふ物をつぶつぶと注ぎかけて、涙の色など書きたる人のかへりごとに

くれなゐの涙ぞいとどうとまるるうつる心の色に見ゆれば

もとより人の娘をえたる人なりけり

新たな男の登場である。例のごとく諸注は宣孝であるとするが、その確証はない。手紙の上に朱墨を点々と注ぎかけて、「これは私の涙の色」などと書いてきた男への返歌で、歌意は「紅の涙というのがかえってうとましく思われます。あなたの心変わりが目に見えてはっきりとわかるのですから」といったところだろう。(8) 左注がこの歌を解く鍵となっている。すでに奥様のいらっしゃるあなたが、本当に私を思って血の涙を流したのなら、それは奥様への裏切りにほかならず、心変わりの証拠である紅の涙がうとましいと言うのが、左注によって明かされるこの歌の主意である。紅涙という相手の言い分に対して、「これは朱墨じゃないの」などと反論するのは野暮の骨頂、見え透いた巧言をあえて信じたふりをして、この紅涙こそ心変わりのれっきとした証拠と迫るところが

式部の才気なのである。諸注はこのあたりの呼吸をつかみそこねているようで、紅の色が変色しやすいように、あなたの心も変わりやすいのだ、といった解釈がよく見られるが、納得しがたい。

ところで、この三一番歌については、相手は宣孝ではないという確証があるように思う。それは左注である。(9)右に述べたように、この左注は三一番歌の主意を明らかにするために付されたものであるが、「もとより人の娘をえたる人なりけり」という文言は、相手がどのような男性であるかを明瞭に物語っている。この一文の解釈は「すでにれっきとした家のお嬢さんと結婚している人だったのです」といったところであろうが、これは若い男性にふさわしい表現であって、初老の宣孝には似つかわしくない。何人もの妻があり、成人した子女もある四十代半ばの人物について「すでに結婚している人だったのです」などと説明するのは、まことに間が抜けた表現と言わざるをえない。一方、すでに婿取られていながら「まだ定まった妻はありません」などとぬけぬけと言って来る若い男にこそ、この左注はぴったりの表現といえるだろう。

清水氏は朱墨の趣向について「若い未熟な男だったら、こうまで外すことは思いつかなかっただろうし、少しふざけた、おかしみの漂う形で熱心な意図をあらわすのが宣孝の繊細さと思われる」と述べ、南波氏は「彼は明るく闊達な性格で、このような茶目気のある趣向をする人物であった」、稲賀敬二氏は「送る宣孝も経験豊かな男なら、これを受ける紫式部ももう大人だから、こういう遊びのようなやりとりが出来るのである」(10)と述べておられるのであるが、いずれも相手を宣孝と決めつけた上での主観的な判断にすぎない。宣孝という前提をはずしてしまえば、このような趣向は、むしろ若く未熟な男の、ひとりよがりな趣向ともうけとれなくはないのである。

三

本章では、『紫式部集』の二九番歌以下の三首について、藤原宣孝との結婚前のやりとりとする従来の通説を白紙にもどし、これらの歌と詞書、左注について改めて検討を加えてきたのである。その結果、二九番歌は近江守の娘と式部に二股をかける若い男性への返歌である感触が強いこと、三〇番歌は二九番歌と同じ相手から贈られてきた歌絵に書き付けた歌と考えられること、三一番歌は既に妻があるのにあつかましく言い寄ってきた若い男性への返歌であろうことを指摘した。相手は初老の宣孝ではありえないだろう。

一般に平安期の女性の家集には、恋人たちとの贈答歌が生の証しとして重要な位置を占めているものである。ところが清水好子氏が特筆するように、『紫式部集』には青春時代における女友達との交流が生き生きと描き出され、「平安朝女流の稀有な青春の記録」となっている。これは確かに、『紫式部集』を大きく特徴づける側面であるといえよう。

では夫以外の男性との恋愛贈答歌はどうかというと、本章でとりあげた二九番歌以下の三首以外には、わずかに一首（九二）がそれらしいものとして指摘できるにすぎない。(11) この歌数の僅少さだけを取って見ても、当時の女性歌人の私家集の中にあってきわめてユニークと言うべきだが、その内容たるや、先に見たように、何とも勇ましいのである。この男たちを、はなから相手にする気は毛頭ない。「ふた心なし」とのたびたびの懇願に「うるさくて」やっと返してやった歌は辛辣を極め、同じ男からの手の込んだ歌絵には、いやみたっぷりな歌を書き付けて返却してしまう。紅涙の趣向をこらして悦に入っている男には、「おっしゃることは全て信じるわ。この紅涙があなたの心変わりの証拠物件なんですね」と決めつけてぎゃふんと言わせる。そして、男たちの歌は一首も記録にとどめてやらない。この、けんもほろろの三首の歌群の存在もまた、『紫式部集』と他の多くの平安私家集とを分かつメルクマールであるといえよう。

注

（1）清水氏説の多くが岡一男氏の『源氏物語の基礎的研究』における紫式部の伝記研究に由来するものであることは明らかだが、記述の重複・錯綜を避けるため、ここでは岡氏の著書からの引用は行わない。
（2）本書第一章にも同様の推測を述べた。
（3）工藤重矩『平安朝和歌漢詩文新考　継承と批判』所収「紫式部集四・二八番歌の解釈」
（4）式部を誘ったのは父為時との説は、早く与謝野晶子『紫式部新考』（昭和3年1月）に見える。
（5）木船重昭『紫式部集の解釈と論考』は「春はとくるもの」の本文をよしとし、その「引歌」として『古今集』恋一の「春たてばきゆる氷のこりなく君が心はわれにとけなむ」をあげているが、この歌では「とけ」るのは「春」ではなく「氷」なのであって、論拠とはならない。
（6）宣孝と式部の結婚を、今井源衛氏（人物叢書『紫式部』）は長徳四年晩秋ごろ、清水氏は同年冬ごろと推定しておられるが、私は本書第六章において、二人の結婚は春から初夏にかけてのことと推測した。
（7）山本利達『紫式部日記　紫式部集』、木船重昭（注5）前掲書、南波浩『紫式部集全評釈』
（8）「色に見ゆ」は、はっきり目に見えるの意で、同様の例に「身にしみてあはれとぞ思ふ人にのみうつる心の色に見ゆれば」（『相模集』五六九）がある。
（9）清水好子氏はこの左注を三二番歌の詞書の一部でもあるとされるが（清水氏『紫式部』六三頁以下）、二九番から三一番までの三首を宣孝とのやりとりとは見ない本章の論旨からすると、これは三一番歌の左注でしかありえない。

（10）稲賀敬二『源氏の作者　紫式部』

（11）諸注は四九番歌以下の三首を、夫の喪に服する式部と求婚者とのやりとりと解しているが、本書第八章において、宣孝との結婚生活のひとこまではないかと述べた。

第三章 「西の海の人」からの返歌

──十五番歌からの五首をめぐって──

一

姉を失った紫式部が、妹を失った女友達と、亡き人のかわりに姉妹のように思いを交わしましょうと、互いの家を訪れたり、手紙の上書きには「姉君」「中の君」と書いて親しく交際していたところ、その人は九州肥前に、式部は越前へ下向することになった。『紫式部集』によって知られる式部の青春時代のひとこまであるが、本章では、その別離にかかわる記述を仔細に検討し、新たな解釈を提示したい。本文を引用しよう。

姉なりし人なくなり、又、人のおとうしなひたるが、かたみに行きあひて、なきがかはりに思ひかはさんと言ひけり。ふみの上に姉君と書き、中の君と書きかよはしけるが、をのがじし遠き所へ行きわかるるに、よそながら別れ惜しみて

北へ行く雁のつばさにことづてよ雲のうはがき書きたえずして　（一五）

返しは西の海の人なり

行きめぐりたれも都にかへる山いつはたと聞くほどのはるけさ　（一六）

津の国といふ所よりをこせたりける

難波潟むれたる鳥のもろともに立ちゐるものと思はましかば　（一七）

かへし

（二行分空白）

筑紫に肥前といふ所よりふみをこせたるを、いとはる

かなる所にて見けり。その返ごとに

あひ見むと思ふ心はまつらなるかがみの神やそらに見るらん　（一八）

かへし、又の年もて来たり

行きめぐり会ふをまつらのかがみにはたれをかけつつ祈るとか知る　（一九）

以上がこの友人とのやりとりの全てである。なお、陽明文庫本は「かへし」のあとの空白部をもたないのであるが、同本では「かへし」が第三丁表の最終行となっているから、親本にはあった空白部が、書写の際にたまたま表から裏への移り目にきたために詰めて書写されてしまった可能性もなきにしもあらずだろう。

ところで、これらに先立って配列されている、「筑紫へゆく人の娘の」という詞書をもつ歌とそれへの式部の返歌（六・七番歌）が、同じ友人との贈答ではないかとする説がある。(1) そうであるかもしれないが、式部の友人たちの中で九州方面へ下向したのが彼女一人であったと立証できるはずもなく、したがって断定ははばかられる。清水好子氏は、(2) 六・七番歌に月が詠み込まれていることから、これを秋ごろのやりとりと説いておられるのであるが、仮にそうであるならば、春に九州へ下向したと推測される一五番歌以下の友人とは別人ということになろ

う。

なお六番歌は「西の海を思ひやりつつ月見ればただに泣かるるころにもあるかな」というもので、山本淳子氏は一六番歌の詞書にいう「西の海の人」は、「西の海を」と始まる六番歌を詠んだ友人のことをさすと説く。(3)鋭い着眼であると思うが、ただ、ある人物を特定するのにその人物の詠んだ和歌の一句をもってするという例が『紫式部集』の中には他に見出せないのが気になるところである。そもそも『紫式部集』の詞書においては、「はやうよりわらは友達なりし人」「箏の琴しばしと言ひたりける人」「方違へにわたりたる人」など、「……人」の形で人物が紹介されることが多いのであるが、それらはいずれも、当該歌の詠作事情を説明するために必要最小限の、いわばその場限りの人物紹介であって、他の歌群の詞書や歌との関係については考慮されていないのではないだろうか。

ちなみに、「遠き所へ行きにし人のなくなりにけるを、親はらからなど帰り来て、かなしきこと言ひたるに」という詞書をもつ一首（三九番歌）を、同じ友人の死を悼んだ歌と推測する説がある。(4)その可能性は皆無とは言えないものの、「遠き所へ行きにし人」というのはあまりにも漠然としており、これを一五番歌以下の友人と同一人物とするのはかなり強引な推測と言わざるをえないだろう。式部の知人友人の中に、地方へ下向した人は少なからず存在したにちがいないからだ。六番歌以下の二首、一五番歌以下の五首、及び三九番歌を結びつける解釈は物語的でおもしろいが、『紫式部集』は物語ではない。

二

さて、一五番歌以下の五首についての従来の解釈を見よう。まず一五番は式部から友人への離別歌、一六番はそれへの友人からの返歌で、これで一組の贈答歌が成立していると解されている。一七番歌は九州への旅を続ける友人が、摂津の国の「難波潟」から式部に送った歌であるが、それに続く「かへし」という詞書のあとに存在したはずの式部の返歌は、何らかの理由によって脱落し、現存しないとされる。その後、九州肥前に到着した友人からの手紙が越前の式部のもとに届けられ、それへの式部の返歌が一八番歌、そして一八番歌に対する友人の返歌（一九番歌）は下向の翌年（長徳三年）になって式部のもとに届けられた。

以上が諸先学による解釈であり、それは一七番歌の後に「かへし」とのみあって歌がない『紫式部集』の現状に見合った解釈であるといえよう。「かへし」の後に和歌一首を書き入れることのできる二行分の空白をもつ実践女子大学本は、家集編纂時、あるいは書写の段階において、この解釈がすでに行われていた証左にほかならない。

まず始めに、一五番・一六番の贈答歌の成立について、具体的に考えてみたいと思う。一五番歌の詞書の「よそながら別れ惜しみて」は、二人が別れにあたって、対面してなごりを惜しむ機会がなかったことを意味しているが、気になる記述と言わねばならない。二人がきわめて親密な友情を交わしていたことはこの詞書によって知られ、また互いに自宅を訪問しあっていたことは、「かたみに行きあひて」という記述によって明らかだから、これから九州と北陸の地に別れ別れとなり、おそらく以後数年間は対面がかなわないとなれば、どちらかが相手宅を訪問して、心ゆくまでなごりを惜しむのが当然ではないだろうか。一番歌の詞書に登場する「わらは友達なりし人」が、遠国へ下向するに先立って式部の邸を訪れてなごりを惜しんだように、(5) この友人との別れに際しても、そのような訪問がなされてしかるべきではないかと思うのである。したがって「よそながら別れ惜しみて」という記述は、単なる事実の記録ではなく、その折当然なされるべき対面が、二人の希望に反してかなわなかったという実情を、思いをこめて語ったものと考えられる。

別れの対面がかなわなかった理由はもちろん不明だが、たとえば友人の出立が急遽予定より早まったといった事情があって、式部がその連絡を受けた時にはすでに訪問する時間的余裕はなく、出立準備で取り込み中の友人宅へ送別の歌（一五番歌）を書き添えた手紙を届けさせるのがせいいっぱいだったといったいきさつが想像されるのである。では、友人からの返歌（一六番歌）はどのようにしてもたらされたのであろうか。そのことについては諸注は特に言及していないから、友人はすぐに返歌をしたためて式部の手紙を持参した使いに託したか、あるいは後刻、友人からの使いが式部宅に届けたかのいずれかであろうと判断されているにちがいない。しかし私は、友人がこの返歌を発信したのは大阪湾沿岸からであったと考えるものである。

ことは「返しは西の海の人なり」という詞書にかかわる。先にものべたように、『紫式部集』詞書において「……人」として人物紹介がなされる場合、それは当該歌の詠作事情にのみかかわる必要最小限の記述であって、したがってこの詞書の意味は、「返歌は西の海にいる人からである」となろう。つまり、彼女は今、西国下向の船旅の途中にあるというのである。この友人と式部との友情と別れのいきさつについてはすでに一五番歌詞書において説明があり、ここで新たに付け加えられた情報は、返歌を詠んだ時の友人の所在である。もし彼女がいまだに都にいるのであれば、詞書は「返し」とのみあるはずであろう。諸注の多くは、「西の海」を「西海道」すなわち九州の意と解し、六番歌詞書に言う「筑紫へ行く人の娘」がこの返歌の作者であることを意味する文言と説いているが、疑問である。

木船重昭氏は一六番歌の詞書について、「当該歌の歌主は、15番の詞書に詳しく述べられている、式部が〈姉君〉と呼んだ女性である。それをまた、〈西の海の人〉と詞書で説明するのは、どうしたことか。〈西の海の人〉とあると、この〈ゆきめぐりたれも都に……〉の歌は、歌主が西海道にあって返歌して来たのかと誤解されかねない。(中略)〈西の海の人なり〉は、蛇足以外の何ものでもない。逆に〈西の海の人なり〉という詞書を認めるなら、〈姉なりし人亡くなりて……〉という、詳細な詞書の機能は何なのか」(6)と疑問を呈しておられるのであるが、右に述べたように、一六番歌はまさに「西の海」で詠まれたと解することによって、この疑問は氷解する。なお木船氏はこの後、一六番歌詞書について、「古本系統の陽明文庫本は、〈返〉とのみある」とのべ、「〈返し〉とのみあるのが原態であろう」と主張しておられる。しかし、陽明文庫本の一六番歌詞書は「返はにしのうみの人なり」であって、実践女子大学本と同様であるから、これは木船氏の勘違いである。

ところで、諸注あるいは辞書が「西の海」を西海道、すなわち九州の意と解説しているのは、根拠があってのことなのであろうか。「西海道」とはいわば行政上の用語であって、それを女性が「西の海の道」ならぬ「西の海」と、中途半端に訓みなしてまで使用するいわれはなかろう。九州をさすなら「筑紫」というれっきとした言葉があるからである。「西の海」とは京都から見た西方の海、すなわち大阪湾、瀬戸内海、そして九州周辺の海域を漠然とさす言葉と解しておけばいいのではないだろうか。六番歌に「西の海を思ひやりつつ月見ればただに泣かるるころにもあるかな」とある「西の海」を、諸注は西海道すなわち九州と説いているが、はるばると船旅の続く西方の海域と、その先にある目的地をひっくるめて「西の海」と歌に詠んだと解するべきであろう。「泣かるる」には「流るる」が掛けられており、「海」の縁語であることが明らかだから、作者の念頭にあるイメージは海であり、九州の地そのものではないだろう。また、四九番歌に「世とともにあらき風ふく西の海も磯辺に波はよせずとや見し」とある「西の海」も、西海道すなわち九州と解されることが多いのであるが、「磯辺に波はよせず」と海岸風景が詠まれているように、まさに西の「海」を意味しているのであって、九州という地域はその背後に漠然と感じられるにすぎない。

『紫式部集』以外に目を転じると、『源氏物語』橋姫の巻において、弁が自らの前半生を薫に語る中で、「人をはかりごちて西の海のはてまでとりもてまかりにしかば」と述べている例がある。この「西の海」を西海道すなわち九州と説く注釈が多いが、弁は西方の海をはるばると舟で下って、そのさいはての九州まで男に連れて行かれたと言っているのであって、「西の海」が九州なのではなく、「西の海のはて」が九州なのである。したがって、この「西の海のはて」を九州の果て、すなわち薩摩の国などと説くのは、無用の詮索というべきであろう。

三

式部の送別歌（一五番歌）への友人からの返歌（一六番歌）は、西国への船旅の途中にて詠まれたのではないかと述べてきた。出立間際のあわただしさに、返歌を詠む心の余裕もなく、式部の手紙を携えたまま淀川を下り、ようやく旅心も定まったところで、返歌をしたためる気になったという次第であろう。それはどこかといえば、一七番歌の詞書に「津の国といふ所よりをこせたりける」とあり、歌に「難波潟」とあるように、大阪湾の沿岸部、淀川の河口あたりと解することができよう。通説では一五番と一六番とを一組の贈答歌、一七番と続く欠脱歌とを別時の贈答歌と解して来たのであるが、そうではなく、一六番と一七番は共に一五番歌への返歌と考えるべきではないだろうか。

そう考える大きな理由は、一七番歌の詞書の特異性にある。実は「たりける」と結ばれる詞書は、『紫式部集』にこれ一例しかないのである。「たり」あるいは「たる」で結ばれる詞書は「をこせたる」（八、三三番歌）、「さし置かせたる」（四〇番歌）、「給はせたり」（七六番歌）など少なくないから、この一七番歌詞書も「をこせたり」あるいは「をこせたる」でもよさそうなものではないか。それにもかかわらず「たりける」と、「ける」が下接しているのは、この助動詞「ける」には「実は……だったのです」という補足説明を加える働き、学校文法でいうところの「詠嘆」の意味が担わされていると考えざるをえないのではないだろうか。

『紫式部集』の詞書や左注において、「けり」が「実は……だったのです」と補足説明を加える働きを担っている例として、「その人、遠き所へ行くなりけり」（二番歌詞書）、「もとより人の娘をえたる人なりけり」（三一番歌左注）、「睦月十日ばかりのことなりけり」（三二番歌詞書）、「わづらふことあるころなりけり」（九六番歌左注）があげられる。いずれも「なりけり」の形であるが、一七番歌詞書の「たりける」もこれに準じて、「実は津の国という所からよこしたのでした」という補足説明と解することができるのではないだろうか。すなわち、「返しは西の海の人なり」という詞書は一六番、一七番の双方の歌にかかり、その二首の間に「津の国といふ所よりをこせたりける」という詞書が挿入されて、一七番歌に「難波潟」が詠み込まれている理由を説明しているのではないだろうか。

同様の例としては、冒頭の二首の詞書をあげることができる。一番歌の詞書「はやうよりわらは友達なりし人に、年ごろへて行きあひたるが、ほのかにて、十月十日のほど、月にきほひて帰りにければ」は、実は一番歌と二番歌の双方にかかる詞書である。二番歌の詞書「その人、遠き所へ行くなりけり。秋の果つる日来たる暁、虫の声あはれなり」は、まず冒頭詞書の「わらは友達」について補足説明を加え（したがって、この一文は一番歌の左注でもある）、次いで二番歌の詠作事情をのべているが、一番・二番の二首が友人の辞去の後、同じ夜に続けて詠まれたことに疑いはなく、したがって冒頭の詞書はこの二首を支配していると解することができるのである。

実は、一五番歌以下の三首についてこのように解釈することによって、難問が一つ解決される。それは、従来さして注意されていないことであるが、一五番歌「北へ行く雁のつばさにことづてよ雲のうはがき書きたえずして」に対して、一六番歌「行きめぐりたれも都にかへる山いつはたと聞くほどのはるけさ」が、返歌らしくないという問題である。贈られてきた歌に詠み込まれている言葉を使って返歌をするのが贈答歌の作法であるというのが古典常識かと思うが、一六番歌はその常識に全く反している。相手の行く先の地名（この場合は越前の「かへる山」「いつはた」）を詠み込むのが儀礼、といった説明はなされても、一五番歌の歌語が一六番歌に全く用いられていない不可解さについての説得力ある説明はなされていないようである。ところが、一七番歌「難波潟むれたる鳥のもろともに立ちゐるものと思はましかば」をも一五番歌への返歌と考えるならば、贈歌と同じく「鳥」を詠み込んでいるという点で、贈答歌の作法にかなっていると言えるだろう。式部が雁（という鳥）に託して絶えず手紙を届けてほしいと詠んだのに対して、友人は一七番歌で、鳥は鳥でも今眼前に群れている水鳥のように、いつも一緒にいられたらいいのにと詠んで、雁の便りだけでは耐えられないという気持ちをあらわしたのではなかろうか。

西国への船旅を続ける友人が、難波から一六番、一七番の二首を式部に届けてきたのであったことをのべてきた。淀川河口に達した一行は、河舟から航海用の舟に荷を積み替えたり、風待ちをしたりで難波に暫時逗留したであろうし、それで心の落ち着きを取り戻した友人は、眼前の風景に託して式部への思いを歌に詠み、手紙をしたためることができたのである。その手紙は、一行が難波から都の留守宅へ派遣した使者に託されて、式部のもとにもたらされたのであろう。

四

述べてきたように、一六番歌と一七番歌が難波での作で、一五番歌への返歌（式部への返信に書き添えられた歌）であったと考えるならば、続く「かへし」という詞書の意味が、改めて問われなければならない。はたしてこの詞書は、家集編纂の際、原資料に存在したものであろうか。存在したとするならば、「かへし」の後に存在したはずの歌は、一六・一七番歌の書かれた手紙を読んだ式部が、それへの返信に書き添えた歌ということになろう。その歌が失われてしまったのは、すでに原資料の段階で失われていたものか、あるいは家集編纂後、落丁等のせいで失われたのか、いずれかということになろうが、式部自撰説に拠るならば、後者ということになるだろう。

しかし、このように考えるには、いささかの困難が感じられる。友人が難波から発信した手紙を式部が手にしたのは、友人の九州下向は春、式部の越前下向は夏のことと推定されるから、おそらく越前への出発前であっただろうが、それへの返信を式部はどこへ届けたのであろうか。下向途中の友人を追って、早舟や早馬を仕立てて届けさせたと考えるのはあまりにも非常識である。手紙は京の友人宅へ届けられ、友人宅から肥前の国へ派遣される使者や、遅れて下向する家族によって、友人のもとにもたらされるということになろう。主人の任地と京の留守宅との間で、情報伝達や物資の運搬のために使者が立つことは時折あったに違いないし、任期途中であっても、国司自身やその家族の上京、下向がありえたことは周知の通りである。

ともあれ、「かへし」という詞書が本来のものであったとすると、その手紙は肥前の国に到着直後の友人へ向けて発信されたということになろう。すると、「かへし」とだけある詞書が、あまりにもそっけないのが気にかかる。詠作や発信にかかわる事情が説明されてしかるべきかと思うのである。ところが次の一八番歌には、「筑紫に肥前といふ所よりふみをこせたるを、いとはるかなる所にて見けり。その返ごとに」という詳しい詞書が付されている。肥前に到着した友人からの手紙が「いとはるかなる所」すなわち越前武生に届き、それへの返書を発信したというのであるが、肥前の友人とのやりとりはここから始まると見るべきではないだろうか。常識的にも、先に出発した友人の方から無事到着の知らせがあってから改めて文通が始まるのが自然であって、それに先立って式部の方から、一六・一七番歌への返信を、無事肥前に到着したかどうかもわからない友人にあてて送るというのは不自然であろう。それを届けてくれる幸便が、運よくあるとも限らない。一五番の送別歌と一六番・一七番の返歌でもって、この遣り取りは完結しており、肥前からの友人の手紙（その内容については書かれていない）をきっかけとする一八番歌以下は、新たな贈答の始まりと見るべきである。

そう考えると、一七番歌の次に記された詞書「かへし」は、一五・一六番歌と一七番歌とを別次の贈答歌と誤解し、一七番歌に式部の返歌がないのを不備と判断した編纂者、あるいは書写者が付け加えたものであり、本来の本文ではなかったと推測されよう。これが編纂者の所為であったとすると、もちろんそれは式部自身ではありえない。なお、実践女子大学本が「かへし」の後に二行分の空白を置いているのも、当然ながら後世の所為ということになろう。一五・一六番歌と一七番歌とを別次の贈答歌とする説は、実に『紫式部集』編纂時、または書写の初期段階においてすでに存在したのであり、通説はこの集の現状に忠実な解釈であるといえよう。

ところで、肥前からの友人の手紙は、主人の任地から留守宅へと上京する友人家の使者に託され、京の友人宅、式部宅を経由し、式部宅から主人の任地へ下向する為時家の使者によって越前の式部のもとへと届けられたのであろう。一八番歌が書かれた式部の手紙は、これとは逆のコースをたどって肥前の友人のもとに届けられたにちがいない。一九番歌詞書に「返し、又の年もて来たり」とあるように、応酬に多くの月日を要したのは、もちろん肥前と越前が遠くへだたっているせいでもあるが、このように、時たま必要あって立てられる使者に手紙を託さざるをえないために、意外と長い月日を要する結果となるのであろう。直接使者を立てれば日数は大幅に短縮されるが、緊急の用件でもない限り、たった一通の手紙を使者に託してはるか遠国へ届けるなどという贅沢は、国守階級の娘や妻といえども、許されるべくもなかったにちがいない。

結び

本章では『紫式部集』一五番歌以下の五首について、従来の解釈に再検討を加えてきた。その結果、一六・一七番歌は式部の一五番歌に対する返書に書かれた歌で、難波から発信されたものであることを明らかにしえたと思う。一七番歌の後に一首の脱落を想定する必要はないのである。したがって、一七番歌に続く「かへし」という詞書は、一七番歌を一六番歌とは別時の作と誤解した編纂者、あるいは書写者が付け加えたものであろうことが推測される。実践女子大学本に存在する、続く二行分の空白も同様であろう。なお一六番歌詞書に関連して、「西の海」なる語彙の意味について改めて考え、それが従来言われているような西海道（九州）の意ではなく、都から西方の海、すなわち大阪湾、瀬戸内海、九州沿岸部を漠然とさす言葉ではなかったかと述べた。さらに、遠国との手紙のやりとりにあたって、それがどのようにして伝達されるのかについて、いささか具体的な推測を加えたのである。

最後にひとつ付け加えておきたいことがある。それは一七番歌にかかわる問題であるが、この歌は『続拾遺集』に、次のような形で収められている。

津の国にまかれりける時、都なる女友達のもとにつかはしける　　紫式部

難波潟むれたる鳥のもろともに立ち居るものと思はましかば　（一二四）

『紫式部集』の詞書は「津の国といふところよりをこせたりける」であり、動詞「をこす」は先方からこちらへよこすの意であるから、それによる限り、この一首が友人からの歌であることに疑いはない。『続拾遺集』の選者藤原為氏は、いかなる資料によってこの歌を紫式部の作と判断したのであろうか。

実践女子大学本『紫式部集』は、その奥書によれば、定家自筆本を延徳二年（一四九〇）に臨模した本の写しとのことである。一方、定家筆「紫式部集切」として伝存する古筆切はまさしく定家自筆と言われており、両者の本文を比較した小松茂美氏は、「これら表記の相違が、かならずしも伝本の親子関係を示すとはいえない。定家は写本に際して、同じ古典を一再ならず書写している。『紫式部集』の書写も、当然ながら一再ではなかったはずである。すなわち、藤原定家筆本の一つは延徳二年に模写された飛鳥井栄雅（？）臨模本が弘治二年に転写されて、現在、実践女子大学に所蔵されている。今一つの藤原定家筆本が、この「藤原定家筆切」と考えることもできるのではないだろうか」と述べておられるのであるが、説得力のあるお説であると思う。

このお考えに従うならば、定家の孫にして二条家の当主である為氏が、複数存在した定家本『紫式部集』の中の一本を所持していないはずはないと考えられよう。(9) そこで仮に、現存本と同様の本文をもつ『紫式部集』から為氏が一七番歌を採歌したとするならば、これを紫式部の作と読み取るのは、きわめて強引な解釈と言わざるをえない。まず一五番歌を友人からの歌と解し(実はこの歌は『新古今集』に紫式部の作として入集している)、一六番歌詞書の「西の海の人」を式部とみなし(式部自身を「……人」の形で示した例としては四〇番歌詞書の「こぞよりうすにびなる人」、五三番歌詞書の「世をつねなしなど思ふ人」がある)、一七番歌詞書の「をこす」を、友人を中心としての用語と強いて解すれば、かろうじて一七番歌を式部の作と主張することができよう。

もし、これほどまでの強引な解釈を為氏がなしたのだとすると、そこには強い先入観がはたらいていたと考えざるをえないだろう。『源氏物語』須磨の巻を見事に書きおおせた紫式部は、摂津の国須磨に下向した経験があったにちがいないという思い込みが、「津の国といふところよりおこせたりける」のは式部の所為であると解釈せしめたのではなかったか。また、こうして『続拾遺集』に、紫式部が摂津の国に下向したと明記されたことによって、紫式部須磨下向説がさらに力を得たのではなかっただろうか。

注

(1) 竹内美千代『紫式部集評釈』、南波浩『紫式部集全評釈』、伊藤博『新日本古典文学大系24』所収『紫式部集』など。なお、これら諸説の淵源に、岡一男『源氏物語の基礎的研究』がある。

(2) 清水好子『紫式部』(岩波新書)

(3) 山本淳子『紫式部集論』。「紫式部集全歌評釈」にも同様の指摘がある。なお、木船重昭氏も「〈西の海の人〉とは、おそらく、6番の〈西の海を……〉と詠んだ人のことであろう」と述べておられるが、氏は結局、この詞書の存在を否定している。後述。

（4）竹内美千代、南波浩、伊藤博前掲書等。

（5）本書第一章参照。

（6）木船重昭『紫式部集の解釈と論考』

（7）私見によれば、一番歌までを定家が写し、一行分の空白部をおいて、以下を側近が書写した、いわゆる定家監督書写本であろう。本書第一章参照。なおこの私見は、実践女子大学本の祖本である定家本と、定家筆「紫式部集切」とを別の本と推定する小松茂美氏のお考え（このあと引用）と整合性をもつ。

（8）小松茂美『古筆学大成　第十九巻　私家集三』（講談社　平成4年6月）

（9）河内山清彦氏は『紫式部集・紫式部日記の研究』（一三一頁以下）において、『続拾遺集』の撰者為氏が所持していたのは、現存『紫式部集』の前半部のみの残欠本であったと推定しておられるが、仮にそうであったとしても、以下の私の推測に変更はない。河内山氏も同書一三七頁注（31）で、「雑上、一一二四は他人歌であるが、家集の詞書が「津の国といふ所よりおこせたりける」と簡単であり、しかもその「かへし」の歌が欠脱しているため、紫式部の詠と誤解したのであろう」との推測を述べておられる。なお、河内山氏は同書において、定家系『紫式部集』は定家自身が、古本系『紫式部集』に「日記歌」や『新勅撰集』所収の新出歌を増補して作り上げた改訂本であると主張しておられる。ところが氏は、定家はその本を手元にとどめず、そのため子孫には定家系『紫式部集』は伝わらなかったと述べられた。しかし、ようやく手にした貴重な伝本を、ましてそれが自身苦労して作り上げた校訂本であったならなおさらのこと、定家がその写しも取らずに他人に贈呈してしまうなど、ありえないことのように思われる。為家以下、御子左家・二条家の人達は、勅撰集撰集にあたって定家系『紫式部集』を参照していないというのが河内山氏の説であるが、その理由については改めて考える必要があろう。また河内山氏は、定家の『紫式部集』改訂は『新勅撰集』撰進後の最晩年の所為とされるが、定家筆「紫式部集切」について、「おそらく五十代ころの揮毫ではないか」との見解があり（小松茂美氏前掲書）、定家本『紫式部集』の成立についての河内山氏のお考えについては、再検討の余地があろう。

第四章　紫式部の越前往還
――二十～二十四、八十～八十二番歌をめぐって――

一

長徳二年（九九六）一月二十八日、紫式部の父藤原為時は越前守に任じられた。おそらく為時は、その儒学者的な信条や性格からして、任命後ほどなく任地へ下向し、事務引継ぎ等の職務に精励していたことであろうが、式部は遅れて夏ごろ下向したようである。従来、夏ごろ同時に下向したと説かれているが、その根拠はない（第一章・第二章参照）。『紫式部集』には、越前への下向、及び越前からの帰京の折に詠まれたとおぼしい歌が収められている。まとめて引用しよう。

近江のみづうみにて、三尾が崎といふ所に網引くを見て

三尾の海に網引く民のてまもなく立ち居につけて都恋しも　（二〇）

又、磯の浜に鶴の声々に鳴くを

磯がくれ同じ心にたづぞ鳴くなが思ひいづる人やたれぞも　（二一）

夕立しぬべしとて、空の曇りてひらめくに

かきくもり夕立つ波の荒ければ浮きたる舟ぞしづ心なき　(三二)

塩津山といふ道のいとしげきを、しづの男のあやしきさまどもして、なほからき道なりや、と言ふを聞きて

知りぬらむ行き来にならす塩津山世にふる道はからきものぞと　(三三)

水うみにおいつ島といふ洲崎に向かひて、わらはべの浦といふ入海のをかしきを、口すさびに

おいつ島島守る神やいさむらん波もさわがぬわらはべの浦　(三四)

都の方へとてかへる山越えけるに、よび坂といふなる所のわりなきかけぢに、輿もかきわづらふを、恐ろしと思ふに、猿の木の葉の中よりいと多くいできたれば

ましもなほをちかた人の声かはせわれ越しわぶるたごのよび坂　(八〇)

水うみにて、伊吹の山の雪いと白く見ゆるを

名に高き越の白山ゆきなれて伊吹の嶽を何とこそ見ね　(八一)

卒塔婆の年へたるが、まろび倒れつつ人に踏まるるを

心あてにあなかたじけな苔むせる仏のみ顔そとは見えねど　(八二)

二一番歌の第四句は、実践女子大学本では「なにおもひいつる」であるが、意が通じがたいので、陽明文庫本によって改めた。

さて、「都の方へとて」と始まる八〇番歌以下の二首が越前からの帰京時の作であることは確かだろうし、八二番歌についてはその確証はないが、帰路における嘱目と推測することができよう。八一番歌は伊吹山を望んで詠まれているから、帰京時は琵琶湖東岸を航行したと考えられている。(1)問題は二〇番歌から二四番歌までの五首で、続く二五番歌以下に越前滞在中の歌が続くからには、この五首は全て下向時の歌であるかのようであるが、そう考えるには不都合とも思われるさまざまな問題が錯綜している。そのため、これら五首の中には越前からの帰路の歌が含まれているとする説が早くから存在するのであるが、その立場に立つ論者にしても、いずれが往路の歌でいずれが帰路の歌であるか、意見はまちまちであって、いまだに決着がついていない有様である。また、全てを往路の歌と主張する論者にしても、二一番歌、あるいは二四番歌の詠まれた場所について、見解が分かれており、二一番歌詞書の「磯」を琵琶湖東岸の地名と解する時は、一行は琵琶湖を西から東へ横断したと考えざるをえなくなるなど、航路についても、見解は一致していないのである。

私は、詠作地点と航路に関しては、原田敦子氏が『紫式部日記　紫式部集論考』の第二部第一章第二節「立ち居につけて都恋しも――紫式部の旅路(2)」、同第二章第二節「琵琶湖旅詠群の配列(3)」に示された御見解が、従来の諸説を十分に咀嚼された上で、妥当な結論に至っていると思うものである。原田氏は二〇、二一、二二、二三番歌を往路、二四番歌を帰路の歌と判断しておられ、私も基本的にはそれに同調するものであるが、以下、原田氏の論考に援けられつつ、私なりに問題点を整理してみたい。

二

二〇番歌の詞書に見える「三尾が崎」は、琵琶湖西岸のほぼ中央部に位置する高島市の明神崎と、これは諸注おおむね一致している。一行はおそらく大津で乗船し、琵琶湖の西岸沿いに航行して三尾が崎に至ったのである。ところで、琵琶湖での地引き網といえば、『平中物語』第二五段に、志賀寺に参詣した男が翌朝、寺で意気投合した女の車を待ちがてら、湖岸で「網引かせなど」するという記述が見られるが、これは漁民に頼んで（おそらく金を払って）網引きを実演させ、見物したというのであろう。地引き網が都人の観光の対象になっていたことが知られるエピソードである。同様の例としては『赤染衛門集』の尾張国下向歌群、あるいは『和泉式部集』の和泉国下向歌群の中に、網引かせて見るという記述がある。『紫式部集』二〇番歌の場合も、姫君（式部）の気晴らしにもと供の者が気を利かせて、漁民に網を引かせたのかもしれない。ところが式部の心は浮き立つどころか、都恋しさがますますつのる結果となって、周囲の者の心遣いは実らなかった、と想像すると面白いが、もちろん、式部はたまたま漁民の地引き網の情景に出くわしたと考えるのが普通であって、それで何の問題もない。なお、第三句「てまもなく」は、実践女子大学本、陽明文庫本ともにこの本文であるから、末流伝本によって「ひまもなく」と校訂すべきではない。「てま」は辞書に「手を使う合間。ひま。いとま」（『岩波古語辞典』）、「手を動かす仕事などで、その手を動かす動作のとぎれめ。手を休める暇」（『角川古語大辞典』）などとある通りで、「てまもなく」は「手を休めるひまもなく」の意である。伊藤博氏や中周子氏はこの解釈によっておられる。

二一番歌詞書の「磯の浜」については、これを琵琶湖東岸、現在の米原市大字磯（旧坂田郡磯村）とする説が岡一男氏、今井源衛氏、南波浩氏などによって唱えられており、岡氏は「三尾が崎」から琵琶湖を横断して「磯」に達したとされ、今井氏、南波氏は二一番歌を、東岸を南下した帰路の歌とされる。なお、帰路説の根拠の一つに、鶴は秋から春にかけて飛来する渡り鳥であり、二二番歌の「夕立」から夏の頃と推定される往路にはふさわしくないという問題がある。

竹内美千代氏は『紫式部集評釈』で、航路としては不自然としながらも琵琶湖横断説を採られたのであったが、その後「紫式部集補註―いそのはま・たづ考」(4)において、新説を提唱された。この竹内説をふまえた原田敦子氏の論説を引用しよう。

まず、「磯の浜」については、「磯」を容易に地名として肯定し得ない理由に、竹内氏も指摘された、この集における地名表現の特色がある。即ち、都人にあまり知られぬ地名の場合は、「三尾が崎といふところ」「塩津山といふ道」「老津島といふ洲崎」「童べの浦といふ入海」のごとく、必ず「といふ」の説明語を用いているのであり、こうした表現がとられない「磯」もしくは「磯の浜」は、やはり普通名詞と考えざるを得ないのである。「磯」は岩石の多い波打ちぎわであり、「浜」は海や湖の、水ぎわに沿った平地であるから、「磯の浜」は岩石の多い浜辺とみて、何ら差し支えない。鶴はたしかに秋冬から春にかけての渡り鳥であるから、夏の歌にはふさわしくないようであるが、竹内氏の御指摘にあるように、『万葉集』にも夏の鶴が二首詠まれており、晩春・初秋の候の鶴をも含めると、七首の歌が鶴がいないはずの季節に詠まれている。動物の生態についての知識が乏しい当時、まして湖辺に鳴く鶴など実見したことのない貴族の女性が、鸛、鵠、鷺の類も鶴に含めて考えてしまっても無理からぬところであろう。（原田氏前掲書四四四頁以下）

このあと原田氏は「平安貴族の感覚における鶴の無季性を読みとることができる」いくつかの例をあげたあと、「21の詞書の「また」という措辞は、20・21が連続して詠まれたであろうことを思わせ、それは、「都恋しも」と詠んだ20から「汝が思ひ出づる人や誰ぞも」と鶴に呼びかけた21に続く歌意の流れからも、至極自然に受けとめられるので、21の歌はやはり、三尾が崎から塩津に至るまでの、西岸沿いのいずれかの地で詠まれたものであろう」と結論づけられた。以上、きわめて説得力があり、二一番歌に関する諸問題については、これをもって鉄案となすべきであろうと思う。

二二番歌は「夕立」を詠んでいるが、平安朝においては夕立は夏季の風物とされているから、この歌の詠まれたのは夏であり、したがって式部の越前下向は夏との大方の説に問題はない。なお、今井源衛氏は越前下向を晩秋とされ、二二番歌は帰京時の作との異説を立てておられるのであるが（人物叢書『紫式部』）、原田氏が「伊吹山の雪を詠む82の歌（岩波文庫本の歌番号。本書では八一—徳原注）と湖上の夕立を詠む22の歌は、時季的にみて並立しがたいのではないだろうか」（前掲書四四三頁）と疑問を呈しておられる通りであると思われる。

二三番歌の詞書にいう塩津山は、琵琶湖北端の塩津から近江越前国境を越えて敦賀へ通ずる街道が越えて行く山である。この歌については、清水好子氏による解説文がきわめて印象的である。

塩津峠を越える際、道はたいそう草深く、下賤の男たちがみすぼらしい服装《みなり》をして、式部たちの乗っている輿《こし》や荷物を舁《か》きながら、「相変らずえらい道だなあ」と言い合うのを聞いて、こんな身分の低い男たちが洩らした「からし」の一言が、塩津山の名の「塩」に縁のあるのを喜んで、「お前たちもわかったでしょう。いつも往来し馴れている塩津山は名前通り辛《から》い山道だ、世渡りの道は厳しいものだということを」と即興の一首をものしたのである。船底で揺られて眼も開《あ》けられなかった一時とくらべると、都風の縁語や掛詞を娯しむ余裕を取り戻している。そして、本当は、夏の草いきれの山道を重い荷物を担いで上る男たちの汗の辛《から》さ、世に経る道の辛さなどすこしも知らないで、「お前たちもわかったでしょう」と、いかにも自分は前から承知しているかのような口の利き方、歌の姿に、こういう場所に出れば、根っからの上に立つ人の風がおのずとあらわれてしまう式部たちの在り方を知るのである。（岩波新書『紫式部』四七頁以下）

清水氏の現代語訳に言う、「お前たちもわかったでしょう」とのお嬢様風の口吻は、よほど印象が強かったと見えて、山本利達氏（新潮日本古典集成）や伊藤博氏（新日本古典文学大系）も、これと全くの同文で「知りぬらん」を訳しておられるのであるが、これは誤訳であって、「ぬ」は完了、「らむ」は推量の助動詞であることに留意して、「（男たちは）知っていたようです」とでも訳さなければならない。「これまで何度も通いなれた塩津山も、さて生きてゆくための世渡りの道となると、つらいものだなあと、きっと知っていることだろうよ」という南波浩氏『紫式部集全評釈』の訳に、おおむね賛意を表したい。男たちに話しかける口吻ではなく、自らそれに思い当たったという語調であって、ベクトルは男たちへではなく自分に向いているのである。

これに関連して、清水氏の解説には、もう一つ問題があるように思う。「こんな身分の低い男たちが洩らした「からし」の一言が、塩津山の名の「塩」に縁のあるのを喜んで」というのが、この一首の詠作動機だとされているのだが、それは敷衍すれば、「こんな身分の低い男たち」であるから「都風の縁語や掛詞」を知るはずはなく、男たちが何気なく口にしたにすぎない「からき」の一言が、偶然にも塩津山と縁語関係にあることに式部は気付いて興を催したというお考えなのであろう。(5) しかし私は、男たちの「なほからき道なりや」という発言は、もともと塩津山の名の「塩」に縁のある言い回しとして選び取られた表現であった可能性が高いのではないかと考えるものである。この男たちは地元で農林業に従事するかたわら、塩津と敦賀を結ぶ街道筋で、旅人の送迎や物資の運搬にも携わっている人夫であるに違いないが、そのような人達であれば、日ごろ行き来する塩津山の山道を、山の名にひっかけて「からき道」と言い習わすことはありえよう。それはもちろん「縁語掛詞」といった「都風」のわざではなく、「口合」「地口」のたぐいである。各地に残る民謡や俗謡に、この手の洒落や地口は頻出するが、それは時代をさかのぼっても共通する庶民感覚であったのではないか。

「なほからき道なりや」とは、「なほ」に込められたニュアンスに注意しながら解釈するなら、「(昔からこの地で言い習わされていることぐさで、今さららしく言うのもどうかと思われるが)やっぱり「からき道」だなあ」といったところだろう。「なほ」の一語は「からき道」という言いぐさが彼ら仲間での常識であったことを前提としている。夏の盛りの山道で、言ってもしかたがないとはわかっていながら、ついそう口に出さざるをえないほど辛かったのであろう。もちろんこれは私の推測にすぎないが、式部を洒落の発見者とする清水氏説よりは妥当性が高いように思うのである。なお、このように考えるならば、先ほどの「知りぬらん」の解釈ともあいまって、「根っからの上に立つ人の風」という清水氏の感想も、よほど割り引いて受け取らなければならないだろう。

三

二四番歌詞書の「おいつ島」「わらはべの浦」については諸説があり、岡一男氏は草津市志那湖上の島とされ、今井源衛氏は守山市山賀浦あたりとされ、角田文衛氏は塩津湾内とされたが、(6) いずれも確かな根拠はない。南波浩氏が『紫式部集全評釈』において、「おいつ島」は近江八幡市の奥津島、「わらはべの浦」は神崎郡能登川町大字乙女浜(現東近江市)とされたのは、もはや動かし難い鉄案といえよう。南波氏による説明を摘記するならば、

「おいつ島」については「老津島―近江国蒲生郡奥津島（オイツシマ）。現在は近江八幡市に編入。昔は今の沖の島よりもはるかに大きい湖上の島であったが、大中之湖が干拓されて以来、地続きに西接し、奥島（オクノシマ）山と呼ばれている。麓に大島奥津島神社があり、西南端の湖に面する地に聖徳太子の開基と伝える、西国巡礼三十一番札所の長命寺がある」とされ、「わらはべの浦」については「童べの浦―神崎郡能登川町大字乙女浜をいう。十年あまり前までは乙女浜の西方前面には大中之湖があって、景勝を誇っていたが、その大中之湖が干拓されて陸地となり、今はわずかに承水溝となって往時の面影の一部をとどめているにすぎない」と述べておられる。

かくして「おいつ島」「わらはべの浦」の位置は確定されたと言ってよかろう。式部の一行が下向の際、琵琶湖を西岸から東岸へ横断したという非常識な想像をあえてしない限り、二四番歌が帰路において詠まれたことは確実といえよう。二〇、二一、二二、二三番歌は往路、二四番歌は帰路での歌である。これについて原田敦子氏が「往路・帰路の別を断ることなく、越前への往路の歌四首に帰路の歌一首を加えて、旅の歌群を形成したあたり、余人のよくなしえない大胆な配列法というほかあるまい」（前掲書四五二頁）と述べておられるのは、もちろん自撰説にもとづく御論であるが、私の主張する他撰説によるならば、編纂者は二〇番歌から二四番歌までを全て往路の歌と判断し、越前滞在時の歌群の前に置いたというまでのことである。

ここで、山本淳子氏が『紫式部集論』に示された新説にふれておきたいと思う。(7) 氏は二四番歌について、「この歌が琵琶湖東岸の地名を詠むからといって、必ずしも東岸で詠まれたとは限らないということである。西岸を北上する舟の上から、遠景として島、神社、そして浦を望んだということも十分考えられる」と述べ、詞書を再検討した上で、次のように論じておられるのである。

この時代奥津島は、その名のとおり島であった。干拓によって湖岸と陸続きになり「洲崎」になったのは、十九世紀以降のことである。しかし24の詞書は、おいつ島を「洲崎」と言っている。紫式部は島を洲崎と見誤る誤謬を犯している。それは彼女が島と洲崎の判別の付く地点からこの場所を眺めたのではない、つまり東岸沿いに航行しつつ詠んだのではないことを明らかに示している。西岸、あるいは湖の中央部西寄りを航行しつつこの島を眺めれば、島は西側の顔だけをこちらに向け、東側は背面となって隠れ、あたかもその奥の湖岸に接しているように見て取られるのである。（山本氏前掲書一〇〇頁以下）

島である「おいつ島」を陸続きの「洲崎」と見誤っているから往路における西岸からの遠望、というのが山本氏の主張であるが、仮にこの説に従うならば、帰路には東岸沿いを航行して、「おいつ島」が島であることを知りえたはずの式部が、どうして二四番歌の詞書を修正しなかったのか、疑問である。それはさておき、実は山本氏の説は、詞書の誤解の上に組み立てられていると思うのである。

「水うみにおいつ島といふ洲崎に向かひて、わらはべの浦といふ入海のをかしきを、口すさびに」というのが実践女子大学本の本文であるが、式部は「おいつ島」と書き付けているのであるから、彼女はそれが「島」であることを認識していたのではないかということがまず考えられる。次に「おいつ島」イコール「洲崎」ではないことに注意しなければならない。南波氏の解説によれば、かつての「おいつ島」、現在の「奥島山」には、麓に奥津島神社（式内名神大社）が鎮座し、名刹長命寺も建立されているということであるから、鬱蒼たる山林におおわれた、かなり大きな島であったはずである。一方「洲崎」とは、辞書には「洲にして崎の形状をなしている所。海浜や河川の洲のずっと突き出ているところ」（『角川古語大辞典』）、「洲が崎となって、水中に突き出ている所」（『岩波古語辞典』）などと説明されるのが常であり、それで問題はなかろうから、「おいつ島」イコール「洲崎」ではなく、「洲崎」は「おいつ島」から突き出した洲崎であると解すべきなのである。言葉を補って詞書を現代語訳するならば、「琵琶湖においつ島という島があり、その島から突き出た洲崎に向かって見ると、わらはべの浦という入海が心ひかれる景色なので、口をついて出るままに」といったところであろう。式部が「おいつ島」を間近に望んでいることは明らかではないだろうか。

なお、これと相似た言い回しは二三番歌の詞書にも見える。そこには「塩津山といふ道のいとしげきを……」とあるのだが、この場合も、「塩津山」イコール「道」ではない。言葉を補って訳すならば「塩津山という山があり、その山を越えてゆく道がたいそう草深いので」といったところであろう。「道」は「塩津山」に所属している道であり、「洲崎」が「おいつ島」に所属している洲崎であった二四番歌詞書の場合と異なるところはないのである。

四

八〇番歌以下の三首については、これを越前からの帰路の作とする通説に問題はないだろう。なお、これらが越前滞在中の歌群（二五〜二八）の直後にではなく、家集の後半部に位置しているのが、錯簡等の書誌的理由によるものではなく、仮に編纂者の所為であったとするならば、八一番歌によって、式部は後年、越後守となった父為時のいる越後への往還の途次、加賀の白山を間近に見たと編纂者は誤って判断し、家集の後半部に挿入したのではないかと推測することができる。詳しくは第九章「『紫式部集』自撰説を疑う」を参照されたい。

八二番歌については、先にも記したように、越前からの帰路の歌とする確証はないのであるが、八〇番歌以下の三首が一歌群として一枚の詠草に書かれていたのであるならば、歌順からして、大津への上陸後、都までの道中における嘱目を詠じたものと解される。後世の謡曲『卒塔婆小町』では、老いたる小町はそれと気付かず卒塔婆に腰を下ろしてしまうのだが、卒塔婆も古くなると、不注意にもただの石材や木片と見なされてしまうことが珍しくなかったのであろう。車中から、路上に横たわる物を卒塔婆であると見て取った、式部の観察眼の鋭さを感じさせられる一首である。

ところで、この歌の初句に用いられている歌句「心あてに」は、長らく「あて推量に」と訳されてきた。私は「凡河内躬恒の一首から源氏物語へ」と題する論考(8)において、凡河内躬恒の「心あてに折らばや折らむ初霜のおきまどはせる白菊の花」(『古今集』秋下、『百人一首』)をはじめ、いくつかの用例を検討し、「心あて」の語義は「あて推量」ではなく、心を一方に集中するというのがこの語彙の原義であることを検証した。そしてその原義のもと、躬恒のこの歌や『源氏物語』夕顔巻の「心あてにそれかとぞ見る白露の光添へたる夕顔の花」の「心あてに」は、「よく注意して」あるいは「慎重に」「心して」などと解すべきであると主張した。また『紫式部集』八二番歌「心あてにあなかたじけな苔むせる仏のみ顔そとは見えねど」については、「心をこめて、ああもったいないと思います。苔むした仏のお顔は、とてもそれが卒塔婆だとは見えないけれども」と解釈した。式部はそれが卒塔婆であることをはっきり認識しているのであるから、「あて推量」でないことは自明だし、「あて推量」説によって解釈しようとすると、「あて推量に、ああもったいない……」では意味をなさないから、「あて推量に」のあとに「これが卒塔婆なのだろうと思うと」といった言葉を補わなければならないのも不自然なのである。

五

最後に、式部の越前からの帰京の時期について、推測を加えておきたい。諸説の多くは長徳三年（九九七）晩秋あるいは初冬（角田文衛氏、竹内美千代氏、萩谷朴氏、伊藤博氏など）、長徳三年末か同四年春（清水好子氏）、あるいは長徳四年春（岡一男氏、今井源衛氏など）と、長徳三年秋から翌四年春に集中している。例外は木船重昭氏で、長徳三年早春説を主張された。氏は独自の解釈と考察にもとづいて論を立てておられ、私としては賛同できかねる点も多いのであるが、「越前の豪雪には、式部はよほど驚き辟易したらしい。それに憎しみをさえおぼえた体である。私見では、およそ式部はふたたび越前で冬を迎える気持ちにはなれなかったらしい。豪雪の体験がまったくないばかりか、想像さえしようもない京育ちの貴族の彼女にしてみれば、やむをえなかったであろう」（『紫式部集の解釈と論考』二三六頁）という一節には、おおむね同感である。

そもそも、長徳三年晩秋初冬説にしても、同四年春説にしても、はたまた同三年早春説にしても、伊吹山に雪が積もっているという八一番歌の条件を満たしている以外には、特にこれといった根拠はなく、状況証拠にもとづく仮説にすぎないのである。したがって、いずれが妥当であるか、推測を加えるしかないのであるが、木船氏が言われる通り、式部が越前において二度目の冬を越したとは、二七番歌や二八番歌に見て取れる越前の冬への嫌悪感からして、考えられないのではなかろうか。彼女としては、長徳二年夏に越前に下向して、父の身の回りの世話が適切になされているかどうか見届け、足らざる点については侍女や郎党にしかるべく指示すれば、それで用は済むわけだし、父為時としても、縁遠い娘を草深い越前に長くとどめおいて、ますます縁遠くすることは本意ではなかろう。そういう意味では、長徳三年の春を迎え、雪が解けて旅が可能な季節になれば、彼女が越前に滞在しつづける理由はないといってもいいのではなかろうか。

さらに考えるべきは、『源氏物語』から想像される、春という季節への式部の強い愛着である。彼女の越前下向が夏まで延引したのは、都の春を堪能し、賀茂の祭の見物もすませてから、のんびりと下向したからとするのが穏当な推測だと思うのであるが、そのような式部であれば、翌長徳三年の花盛りには、すでに帰京していたと考えたいところである。後に『源氏物語』の作者として、作中で桜花を賛美することになる人物が、都の春をよそに、用もないのに地方で手をこまねいていたと考えるのはいかにも不自然である。この春、立春は長徳二年十二月二十日（いわゆる年内立春である）、春分は同三年二月六日。その十日後あたりが桜の開花の時期であったろう。北陸道の雪が消え、伊吹山の頂にはまだ残雪が見られる頃、式部は都の桜の開花を目あてに、帰京の途についたのではなかろうか。このように考えるのが、最も妥当性のある推測ではないかと思うのである。

本章では、『紫式部集』の越前往還にかかわる八首の中から問題点を見つけ出し、検討を加えた。これまで諸氏によって唱えられた多くの説は、いずれもその折々の研究の進展のために有益な業績であったが、研究の現状をふまえて将来を展望する時、従来の諸説の中から鉄案とみなすべきものを弁別することが必要であろう。本章では、そのような意図のもとに私なりに整理すると共に、いささかの私見をも提示したのである。

注

（1）ただし、伊吹山は琵琶湖沿岸の各地から遠望できるから、式部が伊吹山を望見していること自体が、東岸を航行した根拠となるわけではない。

(2) 初出は『同志社国文学』第五十七号（平成14年12月）。原題は「立ち居につけて都恋しも……―紫式部の旅路―」。
(3) 初出は『大阪成蹊女子短期大学研究紀要』第二十八号（平成3年3月）。原題は「紫式部集の配列―越前往還の旅をめぐって―」。
(4) 竹内美千代「紫式部集補注―いそのはま・たづ考」（『神戸女子大学紀要』第二号　昭和46年12月）
(5) 稲賀敬二『源氏の作者　紫式部』六三頁にも「男たちが「からき道なりや」―つらい道のりだわいと私語するのを聞いて、これが塩津山と期せずして通じあうのに興じる」と、同様の見解が示されている。
(6) 角田文衛『紫式部とその時代』（昭和41年5月　角川書店）
(7) 初出は『日本文学』第五百二十二号（平成8年12月）。原題は『心の旅―『紫式部集』旅詠五首の配列―」。
(8) 徳原「凡河内躬恒の一首から源氏物語へ」（『古今和歌集連環』平成元年5月　和泉書院→『百人一首研究集成』平成15年2月　和泉書院）

第五章　「ふみを散らす」ということ

――三十二番歌詞書を糸口として――

一

『紫式部集』に、次のような詞書と歌が見出される。

　ふみ散らしけりと聞きて、ありしふみどもとりあつめてをこせずはかへりごと書かじと、言葉にてのみ言ひやりければ、みなをこすとて、いみじく怨じたりければ。睦月十日ばかりのことなりけり

とぢたりし上のうすらひとけながらさはたえねとや山の下水　（三二）
　すかされて、いと暗うなりたるにをこせたる
こち風にとくるばかりを底見ゆる石間の水はたえばたえなん　（三三）
　今はものもきこえじと腹立ちたれば、笑ひて、返し
言ひたえばさこそはたえめ何かそのみはらの池をつつみしもせん　（三四）
　夜中ばかりに又

たけからぬ人かずなみはわきかへりみはらの池に立てどかひなし　（三五）

これら四首については、夫宣孝との贈答と解するのが通説である。それは実証できるわけではないが、親密な関係にある男性とのやりとりであることは確かであるし、相手を紹介する文言が一切ないのは、これが宣孝であることを強く示唆していると思う。

ただし、諸注がこれを結婚後の贈答としているのは、いかがなものであろうか。その可能性もなくはなかろうが、結婚前の、手紙のやりとりがくり返されて、かなり交際が深まったころの出来事と考える方が、書かれている状況にはふさわしいのではないかとも思われる。すなわち、「かへりごと書かじ」という対応は、いまだに文通が二人を結ぶ主たるきずなであって、それ以上の関係に進んでいないという状況のもとでの対応と推測されるのであり、近い将来における結婚を確信して舞い上がっている男をへこませるために、きわめて効果的な一撃であったといえるのではないだろうか。また、男が弱腰にも全てを返却して来たのは、破談となってこれまでの努力が水泡に帰することを何とか回避しようとする、求婚者の弱みゆえと考えれば、話はわかりやすいのではないか。仮に結婚後であれば、離婚にもつながりかねない危険を承知の上で、女の方から手紙の返還を求めるかどうか、疑問と言わざるをえない。二人の結婚を長徳四年（九九八）とする通説に従うならば、これら四首は同年一月十日ごろの作ということになろう。なお、伊藤博氏もこれら四首について、「式部の強気な姿勢や、隠れた交情を示す歌語「山の下水」など、結婚前であることを窺わせる。ともあれこの小波瀾が引き金となって、二人は間もなく結ばれたらしい」（新日本古典文学大系脚注）と述べておられる。

さて、「ふみ散らしけり」であるが、「文散らす」とは自分に届けられた私信を第三者に見せることであるから、この場合は宣孝が、これまでに式部から受け取った手紙を第三者に見せたという次第であろう。激怒した式部は、こちらから贈った手紙を一括して返さなければ、今後そちらからの手紙に返事を書かないと口頭で伝えさせたところ、全てを返却してきた。その際、たいそうな恨みごとを言って来たので詠んでやった歌が、三二番歌である。なお、「みなをこす」を宣孝の言葉と解するむきもあるが、(1)「をこす」は先方からこちらへよこすの意を、こちらの立場で言う言葉であるから、宣孝からそう言って来るとは考えられないだろう。「みなをこす」(全てを返却してくる)という事実を「とて」で受けていると見たい。『紫式部集』には同様の例として「朝顔の花をやるとて」(四番歌詞書)、「むめの花見るとて」(四六番歌詞書)、「朝顔を人のもとへやるとて」(五二番歌詞書)、「くすだまをこすとて」(六三番歌詞書)、「紅梅を折りてさとよりまいらすとて」(一〇二番歌詞書)、「かざしに賜ふとて」(一〇四歌詞書)、「かどの前よりわたるとて」(一一二番歌詞書)がある。

詞書末尾の「睦月十日ばかりのことなりけり」との一文は、それが正月早々の出来事であったという事実の記録であるばかりではなく、歌の上句に氷が解けると詠んだのは正月十日という時節にあわせた表現であったと補足説明するはたらきをも担っているのであろう。詞書が一旦終わったあとの補足説明であって、一一番歌詞書末尾の「しも月ばかり」などもこれと同様である。

ところで、「文を散らす」ことへの嫌悪感は、『紫式部日記』にもうかがうことができる。敦成親王生誕五十日の祝いのあと、中宮の参内の日も近づいたころ、一時里下がりした式部の述懐の中に、次のように記されている。(2)

こころみに物語をとりて見れど、見しやうにもおぼえず、あさましく、あはれなりし人の語らひしあたりも、われをいかにおもなく心浅きものと思ひおとすらむと、おしはかるに、それさへいとはづかしくて、えおとづれやらず。心にくからむと思ひたる人は、おほぞうにては、文や散らすらむなど、うたがはるべかめれば、いかでかはわが心のうちあるさまをも深うおしはからむと、ことわりにていとあいなければ、中たゆとなけれど、おのづからかきたゆるもあまた。住みさだまらずなりにたりとも思ひやりつつ、おとなひ来る人もかたうなどしつつ、すべて、はかなきことにふれても、あらぬ世に来たるここちぞ、ここにてしもうちまさり、ものあはれなりける。

かつては夢中になった物語を手にとってみても何の感興もわかず、かつて仲良く語らった友人たちは、宮仕えに出た私をどんなにか恥知らずな女だと軽蔑しているだろうと思うと、気後れがして手紙を送ることもできない。奥ゆかしい人間たらんと心がけている方々は、うっかりこれまで通りの調子で私に手紙など書こうものなら、他人に見せるのではないかとお疑いになるでしょうから、私の真情を深く思いやった返書など下さるはずはない(他人に見られてもかまわないような義理一遍の返書しか期待できない)。それも道理とはいえ味気なくて、絶交したわけではないけれども、いつしか文通が途絶えた方もたくさん。また、出仕した私は自宅にいないことが多いとおしはかって、訪ねて来る人もめったにいなくなり、万事ちょっとしたことにつけても、別世界に来たような思いが、出仕先ではなく、かえって自宅でつのるというのは、何とも悲しいことだ。

おおよその意味は以上のようなものであろうか。

さて、この一節から読み取れるのは、親しくつきあっている同士が、お互いに相手の心を深く思いやった手紙をやりとりするためには、信書の秘密が保たれていなければならず、そのような私信が第三者の好奇の目にさらされるのは、奥ゆかしい人間にとっては耐えられない屈辱と認識されていたということである。先の『紫式部集』の場合は、同性の友人ではなく男女の間でのことであるが、事情はこれと全く同じであり、式部が宣孝の行為に対して激怒したのも当然といえよう。その心情は、現代人の立場からしても、まことによく理解できるものであり、人間にとっての普遍的な心情といっても過言ではないように思うのであるが、それでは宣孝は、なぜ式部の信頼を一挙に失うにちがいない、かくも愚かな行為をあえてなしたのであろうか。私見によれば、このエピソードの背後には、この時代に特有のある事情が隠されているのではないかと思うのである。

二

前節で見た『紫式部集』と『紫式部日記』の記述とは裏腹に、次に挙げる『紫式部日記』の記事には、いささか驚かされる。そこで式部は平気で他人の手紙を読み、非難の言葉を投げかけたあげく、今それが手元になくて、あなた（『日記』中の、いわゆる「消息文」のあて先として設定されている人物）にお見せできなくて残念だとまで述べているのである。

> 斎院に、中将の君といふ人はべるなりと聞きはべる、たよりありて、人のもとに書きかはしたる文を、みそかに人のとりて見せはべりし。いとこそ艶に、われのみ世にはもののゆゑ知り、心深き、たぐひはあらじ、すべて世の人は心もきももなきやうに思ひてはべるべかめる、見はべりしに、すずろに心やましう、おほやけばらとか、よからぬ人のいふやうに、にくくこそ思うたまへられしか。文書きにもあれ、「歌などのをかしからむは、わが院よりほかに、たれか見知りたまふ人のあらむ。世にをかしき人のおひいでば、わが院のみこそご覧じ知るべけれ」などぞはべる。（中略）いとご覧ぜさせまほしうはべりし文書きかな。人の隠しおきたりけるをぬすみて、みそかに見せて、とりかへしはべりにしかば、ねたうこそ。

このあとに著名な和泉式部、赤染衛門、清少納言評が続くのであるが、それについては後で、少しばかりふれることになろう。なお、右の中略部は、中宮わたりのありさまについて述べて、斎院の中将の君に反駁した長文であるが、本章の論旨にはかかわらないので、省略に従った。

「人のもとに書きかはしたる文」とは、中将の君が他人に送った手紙であって、決して式部にあてられたものではない。それを何者かがこっそり盗み出して式部に見せたのである。ところが、式部はそれを読むにあたって何ら良心の痛みを感じていないばかりか、一見のあと取り返されてしまって、手元にないのが残念とまで述べているのである。

ちなみに、この手紙を盗み出して式部に見せたのは彼女の兄弟惟規かとする推測が広く見られるが、いかがなものであろうか。惟規が中将の君の恋人であったことが根拠のようであるが、その手紙は中将の君から発信されて、すでに彼女の手元にはないはずだから、惟規が彼女の部屋からそれを持ち出すといったいきさつはありえないのではないだろうか。まして、中将の手紙を所持していた某のもとからそれを盗み出した犯人が、惟規であるという証拠は何もない。もっとも、その手紙の控えが中将の君の手元に残されていたと考えられなくもないが、とすると「人の隠しおきたりけるをぬすみて」の「人」は中将の君自身ということになり、落ち着きの悪い感じがする。

なお、右引用文中、「文書きにもあれ」を、手紙の文面に含めて解するむきがあるが(3)、これは「いかに私信とは言え」の意で、以下引用する中将の君の手紙の文面の過言をたしなめた言葉と解すべきであろう。したがって、手紙からの引用は、鈎括弧で示したとおり、「歌などのをかしからむは」からはじまると見ておきたい。

さて、中将の君の手紙を盗み読むにあたってのかくも平然たる態度と、先に見た「文を散らす」行為についての嫌悪感とは、式部の内面において、どのように折り合いがついていたのであろうか。だれでも自分の手紙を読まれるのはいやだが、他人の手紙を盗み読むのは蜜の味と一般化してしまえば分かりやすいし、式部も一人の人間として、そのような一面がなかったとは言えないだろうが、『紫式部集』や『紫式部日記』に見られるかくも矛盾する態度の背景には、検討に値する問題が横たわっているように思うのである。それについて考えるために、『紫式部日記』の、先の引用部分に続く、和泉式部についての記述を取り上げてみたい。

三

斎院の中将の手紙についての辛辣な批評に引き続き、では中将とはうってかわって、すぐれた手紙文の書き手はだれかという命題のもとに、和泉式部が取り上げられる。

和泉式部といふ人こそ、おもしろう書きかはしける。されど和泉は、けしからぬかたこそあれ、うちとけて文はしり書きたるに、そのかたのざえある人、はかない言葉のにほひも見えはべるめり。歌はいとをかしきこと。ものおぼえ、歌のことわり、まことの歌よみざまにこそはべらざめれ、口にまかせたることどもに、かならずをかしきひとふしの、目にとまるよみそへはべり。それだに、人のよみたらむ歌、難じことわりゐたらむは、いでやさまで心は得じ、口にいと歌のよまるるなめりとぞ、見えたるすぢにはべるかし。はづかしげの歌よみやとはおぼえはべらず。

斎院の中将とは正反対の、すぐれた手紙文の書き手はだれかというと、それは和泉式部にとどめをさすというのが、右の第一文の趣旨である。「こそ」が和泉式部を特立させるはたらきを持っている。「書きかはしける」についてはかつて、紫式部と和泉式部とがたびたび文通する仲であったと解釈するむきがあったが(4)、これは、紫式部が和泉式部の手紙を読む機会があるとするならば、それは和泉式部から紫式部への私信以外にはありえないという、近代的な先入観にもとづく誤解であろう。

第二文は、和泉式部が気軽に走り書きした手紙の魅力を評価したもので、時間をかけて練り上げられた文章を名文と評価する世間の常識を、接続詞「されど」を用いて、小気味よく打ち砕いているといえよう。挿入句「けしからぬかたこそあれ」については、道徳的な非難と解するむきもあるが、(5)山本利達氏が「前後の文は手紙について述べているから手紙に関してとみる」と述べておられるのに従うべきであろう。(6)ただ、山本氏は「和泉の手紙にはよくない点があるのだが」と現代語訳されており、やや要領をえないのであるが、文章の欠点をあげつらったものと理解しておられるのであれば、「けしからぬ」の語義にそぐわない感がある。目にすることのできた和泉式部のうちとけ文の多くが恋文であったことを示唆し、軽く揶揄したものと見たい。

第三文以下、話題は手紙から和歌へと転じる。それは、手紙にはつきものの和歌を連想して話題を転換したというよりは、和泉式部を話題にする限り、和歌を取り上げないわけにはいかないほどに、彼女の歌人としての名声が高かったからにほかなるまい。しかし紫式部は、和泉式部の天才的な読み口を評価しつつも、ここでも世評に追随することなく、「はづかしげの歌よみやとはおぼえはべらず」と、二流の評価にとどめている。そして、続く赤染衛門評における「それこそはづかしき口つき」という文言が、これに呼応したものであることについては、諸注に指摘されている通りである。和泉式部を一流の歌人としては認めず、手紙文の書き手として高く評価するというのが、世評を横目ににらんでの紫式部の批評戦略であったのだ。

では、なぜ紫式部は和泉式部の書いた複数の手紙（おそらくその多くが恋文）を読むことができたのであろうか。また、それらを読むことに何ら良心の呵責をおぼえていないばかりか、平然と批評までやってのけたのは何ゆえか。考えられることはただひとつ、和泉式部の手紙が貴族社会に流通し、愛読されていたからとしか考えられない。それは大方の読者にとっては、ゴシップの種としての興味が大きかったにちがいないが、そこに散文としての魅力を指摘したのが紫式部の慧眼であったといえよう。一方、和泉式部の立場からすると、どうせ第三者に読まれるのであれば、一通ごとに「はかない言葉のにほひも見え」るようにこころがけて、読者サービスにこれつとめることともなろう。かくして、書簡文作家和泉式部の誕生である。

和泉式部ほどではないとしても、女房階級の女性の手紙は、文名あるいは艶名をもって鳴る女房の手紙であれば特に、しばしば第三者の目に触れることがあり、それは女房として出仕している限りやむをえないなりゆきと広く認識されていたとすれば、紫式部が斎院の中将の手紙を読むにあたって何ら自責の念を覚えていないのも当然といえよう。中将は斎院御所を代表する女房の一人であろうから、その手紙への関心は一般にも高かったであろうし、中宮批判とも受け取られかねない内容を持つ手紙はさすがに隠し置かれたが、それを盗み出してでも読み、さらに知人に見せて回った人物もあったのである。先に引いた『紫式部日記』の中で、かつての友人たちが出仕後の自分を軽蔑し、「ふみや散らすらむ」と疑うに違いないとのべているのは、女房の周辺における私信の管理がきわめてずさんであり、しかもそれが何ら不道徳とされていないという状況が広く知られていたからにほかならないだろう。

四

「文を散らす」ということについて、もうひとつの例を引いて検討してみたい。『枕草子』の「頭の弁の、職にまゐりたまひて」の段である。(7) 職の御曹司で清少納言（以下「清女」と略称）と話しこんでいた藤原行成が、深夜に宮中へ帰参した翌朝、「今日は残り多かるここちなむする。夜を通して昔物語も聞こえ明かさむとせしを、鶏の声にもよほされてなむ」云々（A）との手紙が行成から届けられる。これに対して清女が「いと夜深くはべりける鶏の声は、孟嘗君のにや」（B）と返すと、折り返し「孟嘗君の鶏は、函谷関をひらきて、三千の客わづかに去れり、とあれども、これは逢坂の関なり」（C）という手紙が届けられた。それに清女が「夜をこめて鶏のそらねははかるともよに逢坂の関は許さじ　心かしこき関守はべり」（D）と返すと、折り返し「逢坂は人越えやすき関なれば鶏鳴かぬにもあけて待つとか」（E）との返歌を記した手紙が届けられたのである。

さて、行成からの手紙のうち、（A）は僧都の君（隆円）が「いみじう額をさへつきて」取り、残る二通（C）（E）は定子の手元にとどめられたという。つまり、清女は行成からの手紙を「散らし」てしまっているのであるが、そのこと自体は、全く問題にされていない。もっとも、このあと清女は行成に、あなたの手紙を誰にも見せなかったと言っているが、これは戯れに言ったまでで、「文を散らし」たことに罪悪感を抱いてうそをついたのでは毛頭ない。手紙の書き手と受け手が宮廷社会のスター的存在であれば、手紙が「散ら」されるのはあたりまえで、何ら問題はなかったし、行成もそれを覚悟の上で手紙を書いているはずである。その上、行成は名筆家であるから、その手紙が珍重されるのは当然であり、定子や隆円にとって、清女は行成の手跡を入手した功労者にほかならなかった。行成にしても、もし清女が自分からの手紙を一人で読むだけでしまい込んだりしたら、かえって驚き、失望したことであろう。

では、清女の手紙（B）（D）はどうなったかというと、行成の言によれば、「さて、その文は、殿上人、皆見てしは」（ところで、あなたの手紙は、殿上人が皆見ましたよ）というのであって、居合わせた殿上人全員が回覧したと、行成は平然と報告しているのである。清女の機智に富んだ一言が殿上の間で披露され賞賛されるという

『枕草子』によく見られるパターンとは異なり、まがりなりにも両者がやりとりしているのは私信であるにもかかわらず、行成はそれを盛大に「散らし」ている。せっかく清女が函谷関の故事を持ち出して悦に入っているのだから、それを殿上人に披露してやれば清女は喜ぶに違いないと確信しているのであろうし、実際彼女は心中喜んでいたことだろう。

続く清女の言葉に「まことにおぼしけりと、これにこそ知られぬれ。めでたきことなど、人の言ひ伝へぬは、かひなきわざぞかし」云々（本当にあなた様が私を思っていて下さったのだということが、これでやっとわかりました。すばらしい歌などが、人の評判にならないのは、甲斐のないことですもの）とあるのは、いかにも清女らしい機智である。並みの女なら、あとの行成の言にもあるように、「思ひぐまなく、あしうしたり」（勝手にそんなことなさって、困りますわ）などと、一応は「文を散ら」されたことに抗議するところだが、女房の手紙が「散ら」されるのはわかりきったことだから、そんなかまととぶった抗議などぬきにして、いっそ私信を公開していただいてありがとうと皮肉をこめて礼を言ってのけるのが清女らしい反応だし、またそれが彼女の本心にほかならなかったであろう。

五

『紫式部日記』の和泉式部評と、『枕草子』の「頭の弁の、職にまゐりたまひて」の段とを、「文を散らす」という観点から読み直してみた。その結果、和泉式部や清少納言の手紙を第三者が読むにあたって何らはばかる理由はなかったという宮廷社会の現実が見て取れたのであるが、そうなると彼女たちとしても、第三者に読まれるという前提のもとに手紙を書くであろうことは想像に難くないのである。また、彼女たちと手紙をやりとりする限り、名筆家行成ならずとも、彼女たちの手紙の連れとして、自分の手紙が「散ら」される覚悟が必要であったろう。こうして「ふみ」「消息文」という名の書簡体文学が宮廷社会に流通することとなる。『紫式部日記』の中のいわゆる「消息文」については、このような観点からのアプローチも可能ではないかと思われるのである。『和泉式部日記』についても、未公開書簡の一挙公開といった側面もあったとは考えられないだろうか。

和泉式部や清少納言ほどのスター級ではなくとも、女房たちの手紙、あるいは女房たちへの手紙が「散ら」されることは宮廷社会の常態であったに違いない。そう考えてはじめて、紫式部が斎院の中将の手紙をはばかりなく読んでいたり、紫式部のかつての親友が、式部の出仕後、心のこもった手紙を送ってこなくなるといった『紫式部日記』の記述が腑に落ちるのである。

ちなみに、『源氏物語』箒木の巻の冒頭近く、源氏の部屋へやって来て厨子の中の恋文をゆかしがる頭中将に、源氏が見ることを許した「二の町の心やすきなるべし」とされる手紙の書き手としては、宮廷女房たちが想定されているに違いない。続いて「心あてに、それかかれかなど問ふなかに、言ひあつるもあり、もて離れたることをも思ひ寄せて疑ふ」とあるのは、彼らにとって共通の知人である女房たちの手紙にこそふさわしい記述と言えよう。源氏は女房たちの手紙を盛大に「散らし」ているのだ。

さて、ここで冒頭に取り上げた『紫式部集』に話をもどしたいと思う。宣孝が自分の手紙を「散らし」たことを知った紫式部が激怒したのは、これまでに述べてきた当時の風潮に照らして、当然のことと言えよう。プライバシーが侵されたという以上に、良家の子女である自分が女房ふぜいといっしょくたにされたという屈辱感こそが、その怒りの根源にあったと考えて誤りはないと思うのである。その怒りは当然、宮廷人たる宣孝にもよく理解できたはずだが、ではなぜ宣孝はかくも愚かな行為をなしたのか。ひょっとすると、悪友にそそのかされ、ばれるはずはないとたかをくくって、ちょっとした出来心でやってしまったという一面もあったのかもしれない。しかし、手紙文が読み物として流通していた当時の貴族社会の実態に思いを致すならば、宣孝は式部の手紙をすぐれた作品として評価し、愛読していたため、それを友人に見せて恋人自慢をしようという下心が、なかったとは言えないと思うのである。

痴話喧嘩の一幕と受け取られてきた『紫式部集』の文散らしの一件は、意外にも根の深い問題を含んでいるのかもしれない。仮りに当時、式部がすでに物語作者として名声を獲得しつつあったとするならば、宣孝が彼女の手紙を作品として評価し、それを他人に示したい誘惑にかられたという想像はますますふくらまざるをえないのではないか。ところが紫式部にとって、新進女流作家という名声など、良家の姫君としての矜恃の前には、何ほどのものでもなかった。宣孝はそれを読み違えたために、彼女のプライドをいたく傷つける結果となった。このように考えてみることも可能なのではないだろうか。

注

（1）木船重昭『紫式部集の解釈と論考』、南波浩『紫式部集全評釈』など。
（2）新潮日本古典集成『紫式部日記　紫式部集』による。一部表記をあらためた。
（3）注（2）前掲書など。
（4）岡一男『源氏物語の基礎的研究』一一三頁など。
（5）萩谷朴『紫式部日記全評釈　下巻』（昭和48年4月　角川書店）など。
（6）注（2）に同じ。

（7）石田譲二訳注『新版枕草子　下巻』（昭和55年4月　角川書店・角川日本古典文庫）第一三一段。引用にあたっては一部表記を改めた。

第六章　紫式部夫妻の新婚贈答歌

——八十三・八十四番歌をめぐって——

一

本章では、『紫式部集』の後半部に見出される次の三首について、新たな解釈を提示し、式部伝に小さな修正を試みるとともに、『紫式部集』の成立についての通説を見直そうとするものである。

人の

けぢかくてたれも心は見えにけんことはへだてぬちぎりともがな　（八三）

返し

へだてじとならひしほどに夏衣うすき心をまづ知られぬる　（八四）

峰寒み岩間こほれる谷水のゆくすゑしもぞ深くなるらん　（八五）

これらは藤原宣孝と紫式部の、結婚前の贈答歌と説明されてきた。しかし、結論を先に述べさせていただくならば、私はこれを紫式部夫妻の、新婚早々の贈答歌と解することができると考えるものである。なお、三首目（八五番歌）は、前の八四番歌が「夏衣」を詠んでいるのにこれは冬歌のようであり、詞書がないこともあって、八三・八四番歌との関連性がいまひとつ明らかでない。よって本章では八三・八四番歌を中心にとりあげ、八五番歌については推測を加えるにとどめたい。

二

まず従来の諸説を概観しておきたい。

岡一男氏は『源氏物語の基礎的研究』第一部・二「紫式部の少女時代及び文芸的環境」末尾に、長徳四年（九九八）早春に式部が越前より単身帰京したとのべたあと、続く三「紫式部の結婚生活」冒頭部において「(宣孝は）紫式部が帰京すると、また熱心に求婚して来た」と記し、続けて割注の形で「けぢかくて」と「隔てじと」の二首を掲げている。これらを結婚前の贈答歌と考えておられることは明らかである。

今井源衛氏は『紫式部』（人物叢書）において、式部が長徳四年の晩春に越前から単身帰京したとのべた上で、「二人が結婚したのはその五〜六ヶ月後だったらしい。父も留守で何かと準備も遅れがちだったのであろう。家集では先述の帰京途上の歌に続いて、こんな贈答歌が並んでいる」としてこの三首をあげ、「この三首は帰京直後の初夏の作らしいが、歌意からみて結婚前らしい」と述べておられる。そして氏は八三番歌に「こうしてお近づきになって、私の心は分って下さったでしょうから、この先は隠し立てをしないで話しあえる契りを結んでほしいのです」と現代語訳しておられる。「隠し立てをしないで話しあえる契り」という訳文は、第四句を「ことばへだてぬ」と解釈するもので、これは群書類従本『紫式部集』が第四句に「言葉へだてぬ」と漢字表記をしているのに由来し、岡一男氏や竹内美千代氏[1]もこの解釈を採っておられるのであるが、近年においては見られない解釈である。「言葉へだてぬ」という用例は他に見出すことができず、ここは近年の諸注が「同じことなら」を意味する副詞「ことは」と解釈しているのに従うべきかと思う。なお、今井源衛氏は八四番歌には「私があなたを疎んじたことは一度もありませんが、逆にその間にあなたの薄情さが先に分りました」との現代語訳を施しておられる。

清水好子氏は『紫式部』(岩波新書)において、「家集後半部に散らばる閨怨の歌はつぎのようなものである。はじめの三首は結婚前の作であるが、式部が宣孝にたいして弱味を見せているので、閨怨の歌の部類に入れた」としてこれら三首をあげ、続けて次のようにのべておられる。

宣孝の求婚がいよいよ急で、これらは結婚の直前の気配がする。「けぢかし—気近し」とは、源氏物語にもよく用いられ、一方、今昔物語に身分の低い女も使っているので、当時普通に用いられていた言葉であろう。男女が他人でなくなることを言った。「人は昔から言葉なんかでなくて、枕を交してこそ実意が見えるというものです。同じことなら隔てのない仲になりたいものです」と宣孝が言う。たびたび多情を責められ、誓言を求められた男が、それを逆手に取って、いっきょに結婚を迫ったと取れる。

式部のほうは「よそよそしくしないでおこうと思って、これまでずっとお返事もさし上げているうちに、まずお手紙によって実のないお心を知らされたのです」と切り返したものの、「隔てじ」などと自分から言ってしまっては、心のなかを見せてしまったことになるし、「薄き心をまづ知られぬる」と薄情を怨む、しおしおとした口調になってしまうのだ。彼女が結婚を承知するのは時間の問題のように思われる。「夏衣」とあるので、この歌は越前から帰京後、すなわち長徳四年(九九八)の夏の詠になろう。(同書一〇一頁以下)

「けぢかし」についての「男女が他人でなくなることを言った」という清水氏の見解はこの場合妥当と思うのであるが、氏は「けぢかくて」を、すでに二人がそういう関係を結んだという意味ではなく、将来「けぢかく」

なればという仮定条件として解釈しておられるようである。しかし、それでは「見えにけん」の「に」が完了の助動詞「ぬ」であることと矛盾するのではなかろうか。この「けぢかし」についてはこのあと詳しく述べることにする。なお、「ことは」を副詞として「同じことなら」と訳しておられるのは、清水氏の創案であると思われ、今に至るまで支持されている解釈である。

山本利達氏は『紫式部日記　紫式部集』（新潮日本古典集成）において八三番歌（古本系の陽明文庫蔵本を底本とする同書では七四番歌にあたる）について、「親しく話すようになって、二人は互いに心がわかったでしょう。この上は、同じことなら、隔てをおかない仲となりたいものです」と訳しておられる。また小町谷照彦氏は「紫式部集全歌評釈(2)」において「心から親しく語り合うようになって、互いの心のうちはわかったことでしょう。この上は同じことならば枕を交わすような仲になりたいものです」と訳された。伊藤博氏は新日本古典文学大系(3)において「人づてでなくお話しするようになって、お互いの心のうちは分かったことでしょう。このうえは、いっそ隔てのない仲となりたいものです」と訳しておられる。これらはいずれも「けぢかくて」を、まだ結婚には至らないものの、直接言葉を交わすほどの親しい関係になったので、と解釈するものであり、現在における通説と言っていいだろう。

形容詞「けぢかし」は、語構成は「け・ちかし」であって、気配が近くに感じられるというのが原義であろう。山本、小町谷、伊藤の三氏が、物越しに直接会話を交わすほどに身近な男女の関係ととらえておられるのに、問題はなさそうにも思われる。しかし、気配が近くに感じられる最も極端な場合として、男女のきわめて親密な関係をも「けぢかし」と表現したようなのである。先に引用した清水好子氏の文中に、「男女が他人でなくなることを言った」というのがそれにあたる。次に『源氏物語』の用例によって、それを確認しておきたい。

三

『源氏物語』には「けぢかし」が六五例見出されるが、私見によれば、そのうち九例ばかりが、男女のきわめて親密な関係を意味しているようである。以下それらを列挙しておきたい。(4)

①（空蟬は）かやうににくからずはきこえかはせど、けぢかくとは思ひよらず、さすがに言ふかひなからずは見えたてまつりてやみなんと、思ふなりけり。（夕顔　一・一七四）

②……また（六条御息所を）けぢかう見たてまつらむには、いかにぞや、うたておぼゆべきを、人の御ためいとほしう、よろづにおぼして、御文ばかりぞありける。（葵　二・八九）

③……など（明石の上は）思ふに、いよいよはづかしうて、つゆもけぢかきことは思ひよらず。（明石　三・二八八）

④女君（玉鬘）も、御年こそすぐしたまひにたるほどなれ、世の中を知りたまはぬ中にも、少しうち世馴れたる人のありさまをだに見知りたまはねば、これよりけぢかきさまにもおぼしよらず。（胡蝶　四・五四）

⑤（花散里は）けぢかくなどあらむ筋をば、いと似げなかるべき筋に思ひ離れ果てきこえたまへれば、（源氏は）あながちにもきこえたまはず。（螢　五・七二）

⑥（玉鬘は螢兵部卿宮に）そのかみも、けぢかく見きこえむとは、思ひよらざりきかし。（若菜下　五・一四八）

⑦（柏木は）まことに、わが心にもいとけしからぬことなれば、けぢかく、なかなか思ひ乱るることもまさるべきことまでは、思ひも寄らず。（若菜下　五・二〇四）

⑧（源氏は女三宮と）けぢかくうち語らひきこえたまふさまは、いとこよなく御心へだたりてかたはらいたければ、人目ばかりをめやすくもてなして、おぼしのみ乱るるに、この御心のうちしもぞ苦しかりける。

（若菜下　五・二三九）

⑨（匂宮が）あだめきたまへるやうに、故宮も聞き伝へたまひて、かやうにけぢかきほどまでは思しよらざりしものを…

（総角　七・八一）

①は空蟬の心中で、「けぢかくとは思ひよらず」とは、源氏との逢瀬は思いもよらないの意である。②は源氏の心中で、「けぢかう見たてまつらむ」とは六条御息所との逢瀬について言っており、今となってはそんな気にはなれず、手紙だけをお贈りになるというのである。③は明石の上の心中で、「けぢかきこと」、すなわち源氏との結婚など思いもよらないというのである。④は玉鬘が年齢のわりに男女のことについて知識がなく、「これよりけぢかきさま」、すなわち、二人添い臥すより以上の男女関係があろうとは思いもよらないというのである。⑤の「けぢかくなどあらむ筋」とは夫婦の交わりの意で、花散里は今では源氏との同衾など似つかわしくないと思っているというのである。⑥の「けぢかく見きこえむ」は結婚するの意で、かつて兵部卿宮に求婚された時も、玉鬘は宮と結婚したいとは思わなかったというのである。

⑦では柏木が女三宮と「けぢかく」は「思ひもよらず」、すなわち逢瀬までは思ってもいないというのであるが、この直後に「ただ、いとほのかに御衣のつまばかりを見たてまつりし春のゆふべの、飽かず世とともに思ひ出でられたまふ御ありさまを、少しけぢかくて見たてまつり、思ふことをも聞こえ知らせては、ひとくだりの御返りなどもや見せたまふ、あはれとやおぼし知る、とぞ思ひける」とある。ここの「少しけぢかくて」は、宮のおそばに近づいての意であるが、逢瀬にまでは至らない接近であって、「少し」とは、⑦の「けぢかく、なかな

か思ひ乱るることもまさるべきこと」というほどの「けぢか」さではないという限定である。⑧の「けぢかくうち語らひ」は通常の夫婦関係のことで、今ではそのようなことはなく、源氏はただ女三宮の女房たちの手前、うわべをとりつくろっているというのである。⑨は宇治の大君の心中で、「かやうにけぢかきほど」とは、匂宮と中の君との結婚について言っているのである。

このように、形容詞「けぢかし」が男女のきわめて親密な関係を意味する例は少なからず存在するのであって、「けぢかし」が男女の関係をあらわす場合には、物越しに会話を交わすといった段階から、結婚する、性的関係を結ぶという段階までを広くあらわしうるのである。したがって、個々の事例における正確な語義は、前後の文脈によって判断するしか方法はないと言ってよかろう。

四

八三番歌「けぢかくてたれも心は見えにけんことはへだてぬちぎりともがな」について、初句「けぢかくて」は結婚前の親しい交際を意味しているのか、あるいは結婚した事実を意味しているのか、以下検討を加えてみようと思う。そして、前者であるならばその現代語訳は、先ほど引用した三氏を代表して山本利達氏の訳を再び引用させていただくならば、「親しく話すようになって、二人は互いに心がわかったでしょう。この上は、同じことなら、隔てをおかない仲となりたいものです」となる。「隔てをおかない仲となりたい」とは、結婚したいという意思表示で、求婚の歌ということになろう。一方、「けぢかくて」が結婚したという既成事実を意味しているのであれば、その現代語訳としては、「結婚したので、お互い心は分かったでしょう。同じことなら、これから隔てのない夫婦仲になりたいものです」となろうが、管見による限り、従来の研究においてはこのような解釈はなされていないようである。

まず、第四句の「ことは」に注目してみたい。先にのべたように、清水好子氏の著書において「同じことなら」と、副詞として訳されて以来、それが通説となっている。従うべき見解であると思うが、では一体何が「同じことなら」なのであろうか。たとえば『古今集』巻第八離別歌の「かきくらしことは降らなん春雨にぬれぎぬきせて君をとどめん」(四〇二)の場合は、春雨が降っているという事実を前提として、同じことなら、つまり同じ降るのなら激しく降ってほしいと願っているのである。

八三番歌の「ことは」はどうであろうか。これを通説のように求婚の歌と解するならば、親しく話すようになって互いに心がわかりあえたという事実を前提として、同じことなら結婚しようということになるだろう。心がわかりあえたから結婚しようというのなら筋は通っている。しかし、心がわかりあえたから「同じことなら」結婚しようというのは、理屈に合わない話であろう。少なくとも求婚の言葉として、女性の心にとどくとは思えないのであるが、いかがなものであろうか。

春雨は小雨であろうと本降りであろうと春雨であることに変わりはなく、雨量の多少は程度問題にすぎない。しかし、心が分かりあえたという段階と結婚という段階との違いは程度問題ではありえない。心が分かりあえたという事実の確認と求婚の意思表示とは、副詞「ことは」では結びつけられないのである。一方、初句「けぢかくて」を「結婚したので」と解釈すれば問題はない。夫婦仲のよしあしは程度問題であって、結婚という事実に変わりはないからである。結婚したという既成事実を前提として、「同じことなら、これから隔てのない夫婦仲になりたいものです」という解釈はきわめて自然であり、妥当な解釈といえないだろうか。

もうひとつ、八三番歌を結婚後の歌と考えるべき理由が、この歌への返歌、つまり八四番歌「へだてじとならひしほどに夏衣うすき心をまづ知られぬる」にある。この歌の解釈に関しては特に問題はないと思われる。現代語訳は「あなたのおっしゃるように、隔てのないようにしようと努めて参りました間に、夏衣のように薄いあなたのお心が、早くもわかってしまいました」といったところだろう。つまり、「へだてじ」は「隔てまい」という意思をあらわし、動詞「ならふ」は習慣化することであるから、「へだてじとならひし」とは、相手との仲に隔てを置かないように努めてきたという意味になると考えられるのであるが、結婚前の男女の贈答歌において、このように、自分は二人の関係を良好に保つために努力してきたなどと女性の方から表明することは、ほとんどありえないのではなかろうか。一方、結婚後であれば、このような意味の歌を妻の方から言いやるというのは、かなりありふれたことのように思うのである。

五

八三番歌の解釈について検討し、それが従来言われているような求婚歌ではなく、結婚後、夫から式部に贈られた歌であることを明らかにしようとしてきた。現代語訳は、先に示したように、「結婚したので、お互い心は分かったでしょう。同じことなら、これから隔てのない夫婦仲になりたいものです」となる。

八四番歌の第二句「ならひしほどに」という表現からは、この贈答がなされたのは、結婚からすでにいくばくかの日数が経過してからということがわかるが、同歌の第五句「まづ知られぬる」からは、それがさほど長い月日ではないことが感じられる。そもそも八三番歌において、結婚という事実がことあたらしく持ち出され、これからの夫婦関係についての希望が表明されているということは、これらが新婚早々の贈答歌であることを雄弁に物語っていると言えよう。なお、八四番歌の歌語「夏衣」から、この贈答がなされたのは初夏と考えられるから、二人の結婚は春から初夏にかけてのころのことであったと推測される。

八五番歌「峰寒み岩間こほれる谷水のゆくすゑしもぞ深くなるらん」の、八三・八四番の贈答歌とのかかわりは明らかではない。もしこれが式部の八四番歌に対する返歌であるならば、「峰寒み岩間こほれる谷水」と、冬の情景が詠まれていることの意味が問われなければならない。まさか半年遅れの返歌とも考え難いから、八四番歌の「夏衣うすき心をまづ知られぬる」という式部の言葉をとりあえず受け取った上で、今はまだ新婚早々で心が通わないこともあるかもしれないが、これから月日がたち季節が巡れば、夫婦仲は深くなることでしょうと、近い将来のこととして冬の情景を持ち出したものと考えておきたい。

紫式部の結婚歴については、藤原宣孝との結婚以外は明らかでなく、従来の研究では式部と宣孝の結婚は長徳四年（九九八）の晩秋、あるいは冬のこととされている。この贈答の相手を宣孝とする決定的な根拠はないのであるが、定説に従って宣孝とするならば、その結婚の時期を晩秋か冬のこととする従来の紫式部年譜は、改められなければならないのではなかろうか。仮に長徳四年の晩春か初夏の結婚ということであったならば、長徳三年の終りか長徳四年の始めに越前から帰京という通説では日程的にかなりあわただしいから、長徳三年の春に帰京という可能性も、十分考えられるだろう。この問題については第四章「紫式部の越前往還」において、いささかの推測を加えておいた。

ところで、『紫式部集』の特に前半部においては、出仕に至る式部の前半生の歌が、ほぼ年代順に配列されており、それをなしたのは式部自身であるというのが岡一男氏以来の通説である。この通説に従えば、式部と宣孝との結婚早々の贈答歌は、当然家集前半部に配列されてしかるべきものであるが、これらが家集後半部の八三、八四番に位置しているのはなぜであろうか。考えられる理由は二つである。

一つは、『紫式部集』は式部の自撰ではなかったとする考え方である。この二首の詠作事情を知らず、新婚夫婦の贈答歌であることを読み取る読解力もない編纂者が、これらをどこに配列すればいいのか判断できず、後半部に適当に配置したのではなかったか。この、『紫式部集』は式部の遺した詠草をもとに編纂された他撰本ではないかという問題については、第九章「『紫式部集』自撰説を疑う」において、あらためて論じることとする。

いま一つは、あくまでも『紫式部集』を自撰ととらえ、これら二首は式部の前半生における宣孝との結婚にかかわる贈答歌ではなかったとする考え方である。すると、後半生におけるある男性との結婚にかかわる贈答歌ということにならざるをえないが、もちろんその可能性はなくはない。しかし、それは従来の紫式部伝を大きく書き換える結果となり、雑駁な感のある家集後半部にこれらが位置しているというたった一事をもとに、そこまで言ってしまっていいのかどうか、躊躇せざるをえないのである。

注

（1）竹内美千代『紫式部集評釈』

（2）学燈社『国文学　解釈と教材の研究』昭和57年10月号所収「紫式部集全歌評釈」。八三〜八五番歌は小町谷照彦氏の担当。

（3）伊藤博他『土佐日記　蜻蛉日記　紫式部日記　更級日記』（新日本古典文学大系）所収『紫式部集』。

（4）『源氏物語』の本文は新潮日本古典集成『源氏物語　一〜八』による。引用文末尾の括弧内の巻名の後の数字は、同書の巻次と頁を示したものである。

第七章　ことわりや君が心の闇なれば

――四十五番歌の解釈について――

一

『紫式部集』の四四、四五番歌は、紫式部の「物の怪」観をうかがうことができる例として著名であり、『源氏物語』研究においてもしばしば取り上げられている。本章は『紫式部集』の四五番歌の解釈について、従来とは異なった観点から考え直してみようとするものであるが、それに連動して四四番歌の詞書の解釈についても、再検討の余地があろうかと思う。まず四四、四五番歌とその詞書を引用しよう。

絵に、もののけつきたる女の見にくきかたかきたるうしろに、鬼になりたるもとのめを、小法師《こほうし》のしばりたるかたかきて、男は経よみて、もののけせめたるところを見て

なき人にかごとはかけてわづらふもおのが心の鬼にやはあらぬ　（四四）

返し

ことわりや君が心の闇なれば鬼のかげとはしるくみゆらむ　（四五）

さて、まず四四番歌とその詞書の解釈について確認しておきたい。清水好子氏はこの歌について「亡くなった人のせいにして、その物の怪に悩まされているようだけれど、実は鬼は鬼でもあの男自身の心の鬼に責められているのではないのかしら」と訳され（岩波新書『紫式部』）、鈴木日出男氏は「亡くなったもとの妻にかこつけて物の怪に苦しんでいるのですが、ほんとうは自分自身の心の鬼にせめられているのではありませんか」と訳され[1]、伊藤博氏は「妻についた物の怪を、男は亡くなった先妻のせいにしてもてあましているが、実は自分の心が生んだ鬼によるものではないのかしら。きっとそうだわ」と訳された[2]。他の諸注の解釈もこれらと大同小異であるが、「おのが心の鬼」については、これを男のではなく女の「心の鬼」と解する森正人氏の新説があり、説得力がある[3]。また、詞書の解釈についても、さらに大きな問題が横たわっているのである。

清水氏は詞書を解説して「屏風絵か、物語絵か、物の怪が憑いて病脳する女の背後に、死んだ先妻が鬼になって現れている。その物の怪を駆り移した憑座《よりまし》を小法師が縛っている。夫はお経を読んで、一心に物の怪退散を祈っているという図柄である」とのべておられるのであるが、いかがなものであろうか。「小法師」（原文「こほうし」）が縛っているのは「鬼になりたるもとのめ」であって、「憑座」ではない。物の怪は「女」（男の今の妻）に憑いているのであるが、その「女」や憑座を縛ったところで、物の怪退散のためには何の効果も望めない。物の怪退散のために効果があると信じられていたのは加持祈禱であり、だから「男」は読経して物の怪を責めているのである。「鬼になりたるもとのめを、小法師のしばりたるかた」とは、冥界の出来事を描いた絵であって、「小法師」は男の読経の功徳によって出現し[4]、「鬼になりたるもとのめ」をいましめようとしているのである。したがって、現世において人の目に映るのは、物の怪が憑いて苦しむ女と、経を読む男の姿だけであるはずだが、この絵においてはそれだけではなく、女の背後に、冥界における出来事も描かれているという次第なのである。森

正人氏は「異次元同図法」という造語によって、この画面の構図を適切に解明しておられる。(5)

実は諸注、このあたりの事情をつかみそこねているようで、たとえば鈴木氏は「「鬼になりたるもとの妻」は、物の怪ののり移った憑座のさま」と注しておられるのであるが、清水氏と同様の誤解である。また南波浩氏は「鬼」について、「幽鬼。ここはもののけ」と注し、(6)伊藤氏は「鬼（物の怪）と化した先妻」と注するだけで、「小法師」が「女」を縛っているとは述べていないのは妥当だが、いずれも「鬼」と「物の怪」とを混同しておられるようである。「鬼」とは冥界における存在であり、(7)「鬼」の霊力（この場合は死霊）が発動して現世の人間に憑依するのが「物の怪」である。「物の怪」自体は目には見えず、「物の怪」が憑依した人間の動作、表情、声などによって「物の怪」の存在が知覚される。「小法師」は読経の功徳によって冥界に出現し、「物の怪」の発信源である「鬼」をいましめることによって、「物の怪」の発動を抑止しようとしているのである。このように、式部が見ている絵には、現世の出来事と、それに対応する冥界の様相とが描き出されている。ただし式部は、そのような絵画制作者の意図は承知の上で、その冥界のありさまとは実は「もののけつきたる女」(8)の心象風景ではないかと、四四番歌において、画面を解釈し直した次第である。四四番歌とその詞書はこのように読み取るべきかと思うのであるが、諸注はこのあたりの具体相をよく把握していないようなのである。

二

四五番歌は、その作者がだれであるのかをめぐって、諸説が錯綜しているのであるが、それは「君が心の闇なれば」の一節が正しく解釈されていないことに起因する。いくつかの現代語訳を列挙してみよう。

なるほどもっともです。自分の心が暗闇なので、その物の怪が心の鬼の影であるとはっきりわかるのでしょう。（鈴木日出男氏）

なるほど言われる通りです。それにしても、あなたの心があれこれ迷って闇のようだから、この物の怪が疑心暗鬼の鬼の影だとはっきりおわかりなのでしょう。（山本利達氏）[9]

なるほどねえ。（心の鬼などというものは、目には見えないはずのものであるのに）、あなたのお心が暗く、思い迷っていらっしゃるから、この絵を御覧になって、すぐ心の鬼の影だなどと、はっきり見えてくるのでしょうねえ。もっと、お心を明るくおもちなさいよ。（南波浩氏）

もっともですわ。あなたのお心が思い迷って闇のようなので、ご自分にひきよせて、疑心が生んだ鬼の影だとはっきりお分かりになるのでしょうね。（伊藤博氏）

いずれも心が暗く闇のような状態と解しているのであるが、作者が式部の侍女であるとすると、主人の心を暗闇と詠むのは無礼であるから、「式部側近の年長の侍女か乳母であったと考えたい」（南波氏）、「年配の侍女か乳母の作であろう」（伊藤氏）などと、乳母、あるいは年長者であって、女主人の内面に踏み込むことを許された者として理解しようとするむきがある。一方、鈴木氏は、「君」を式部ではなく画中の男として解釈し、そのため現代語訳が「あなたの心」ではなく「自分の心」となっている。鈴木氏の説明は次の通りである。

45番歌の作者が誰であるかは明瞭でない。女友達ぐらいを想定するのが一般的だが、宣孝とする説（『新書』）もある。木村正中の直話によれば、画中の「もとの妻」の作、つまりは式部の自問自答ではないか、という。その場合、歌中の「君」（通説では式部をさす）は画中の「男」となる。この返歌の「心の闇」の重々しさを考えれば、これはきわめて説得的である。「かきくらす心の闇にまどひにき夢現とは世人定めよ」

（業平、古今集・伊勢物語）ぐらいを祖形とする特殊な用法で、意思を超えた煩悩ともいうべき愛憐の情念を意味する。

鈴木氏は木村氏の言を引きつつこのように述べているのであるが、いかがなものであろうか。四四番歌は詞書に「絵に……ところを見て」とあるからには、絵を見て式部が詠んだ歌であることに疑いはなく、その歌への「返し」として収められている四五番歌が、式部と共に絵を見ている何者かの作であることは自明である。「返し」が画中の「もとの妻」の作であるためには、四四番歌も画中の人物の作とされていなければならないはずだが、そのようなことはどこにも書かれていないのである。

ところで、歌中の「君」を画中の「男」とする解釈は、鈴木氏の論に先行する木船重昭氏の著書にも見える。(10) 木船氏は、四四番歌は疑心暗鬼を生ずる人間心理を洞察し、迷信的な通念を批判しているのであるから、式部の心は闇ではなく、明晰であるはずであり、四五番歌の「君が心の闇なれば」の「君」は式部であるはずはないとした上で、次のように述べておられる。

〈鬼の影とはしるく見ゆ〉、すなわち、鬼の影であるとはっきりと見られているのは、絵に描かれた〈鬼になりたるもとの妻〉であり、それは〈君が心の闇な〉るが原因だ、〈君〉の心が闇だから、その〈君〉の心の暗がりに、もとの妻が、ほかならぬ〈鬼の影〉と見えるのだ、と、四十五番返歌の歌主は、式部の意見を首肯するのである。したがって、四十五番歌の〈君が心〉は、「式部の心」ではなく、〈絵の男の心〉であり、式部の〈見解に同意し、男の心が暗いから、物の怪の影がはっきり見える〉と『評釈』が解釈するのが、正しい。そして、この絵に描かれた〈をとこ〉を、四十五番の歌主が〈君〉と言うのは、式部といっしょに見ているその〈絵〉が物語絵で、その描かれた物語の主人公の男君だからこそである。

この解釈は、四五番歌の作者を、式部と一緒に絵を見ている人物とする点で、鈴木氏（木村氏）説よりは説得力を持っていると言えようし、右引用文中にもあるように、竹内美千代氏の『紫式部集評釈』[11]にも見え、最近では中周子氏が「君が心の闇なれば」を「画中の男君の心が暗い闇の状態にあるので」と解しておられるように[12]、近年でも有力な一説とみなしていいようである。しかしながら、四四、四五番歌が贈答歌であるからには、返歌である四五番歌のなかで「君」と呼ばれるのは四四番歌の作者であると考えるのが、和歌文学研究の常識であろう。絵を見る者が画中の人物を「君」という待遇表現でもって呼ぶいわれはなく、画中の人物を「君」と呼ぶのは、同じ画中に存在する人物でなければならない。絵を見る者の立場から画中の男のことを言うのであれば、「ことわりやおのが心の闇なれば……」とでもなければならないところだろう。

以上のように、四五番歌の「君」は式部をさすとしか考えられないのであるが、それでは式部の周辺にあってその心をあえて「闇」と表現するほどに式部の心に踏み込むことができるのはどのような人物かという問題に逢着し、そうなると先にとりあげたような、それは式部の乳母か年長の女房であろうとする説は出るべくして出るだろうし、心を許した友人ということも考えられようが、清水好子氏はこの問題を、返歌の作者を夫宣孝とすることによって解決しようとされた。氏は「つぎの歌は夫の在世中、心を許した談笑の間に、少々皮肉の毒を塗って夫に向けて放った歌である」としてこの二首を取り上げ、「返歌が余裕を持って、からかい気味に切り返しているので、夫の宣孝生前の応酬と見る。式部自身も深刻な気分に発した歌ではない」「宣孝が「ことわりや君が心の闇なれば──ごもっとも、あなたの心が煩悩に閉ざされているから」と応じるのは、冗談めかした言い方にもかかわらず、閉された生活を余儀なくされている女の姿を言い当てている」と述べておられるのである。まことに精彩のある叙述といえようが、気になるのは、氏のお説によれば、『紫式部集』においてこの二首が置かれているあたりには、夫の死後の歌が並べられているはずであるのに、どうして夫在世時の二首がここに挿入されているのか説明されていないことである。また木船重昭氏は、『紫式部集』において歌の作者が宣孝であることをにおわせる時には「返し、人」「人の返りごとに」など、「人」という語が添えられており、四五番歌には「返し」とのみあって「返し、人」とされていないから、この歌の作者は宣孝ではないとのべておられる。確かにこれも、清水氏説にとって都合の悪い事実と言えよう。

そもそも、式部にとって親にも等しい乳母であったとしても、つねづね一目置いている古参の女房であったとしても、きわめて親しい友人であったとしても、はたまた夫宣孝であったとしても、式部に向かって「あなたの心は暗闇だから」などと言うだろうか。言われた方のショックはいかばかりであろうかと考えると、そのような言葉の毒が放たれることなど、ありえないように思われてくる。四五番歌についての従来の解釈は、根本的に誤っているのではないだろうか。

三

私見によれば、四五番歌の「君が心の闇なれば」の解釈について考える際に取り上げるべき先行歌はただ一首、「人の親の心は闇にあらねども子を思ふ道にまどひぬるかな」（『後撰集』一一〇二　藤原兼輔）である。鈴木氏や南波氏は在原業平の「かきくらす心の闇にまどひにき夢うつつとは世人さだめよ」（『古今集』六四六、『伊勢物語』第六九段）をあげるが、これは兼輔の著名歌によって、子を思う「心」を「闇」と詠むことが常識となる以前の作であって、直接の参考にはならないのである。

　さて、式部の曾祖父兼輔の一首は「人の親の心は闇ではないけれど、子を思うがゆえに心が迷うのは、ちょうど闇夜に道に迷うようなものだ」というもので、「闇」と「道にまどふ」とが縁語の関係をなしている。子ゆえの闇という発想の淵源である。この歌の後世への影響は甚大で、式部も『源氏物語』に、「闇にくれてふし沈みたまへるほどに、草も高くなり、野分にいとど荒れたるここちして」「くれまどふ心の闇もたへがたきかたはしをだに、はるくばかりに聞えまほしうはべるを」（いずれも桐壺巻における、亡き更衣を思う母君の心）を初めとして、繰り返しこの歌を引いていることは周知の通りである。[13] 四五番歌の「君が心の闇なれば」もこの歌の影響下にあると考えることに、何の疑問もないように思うのである。

　四五番歌「ことわりや君が心の闇なれば鬼のかげとはしるくみゆらむ」を現代語訳するならば、「理屈にかなった話ですね。あなたの心が子ゆえの「闇」に迷っていらっしゃるから、それで「闇」にはつきものの「鬼」の姿が、あなたの目にはっきりと見えるのでしょう」といったところだろう。兼輔の歌では「闇」は「道にまどふ」と縁語であったが、当歌では「闇」とかかわりの深いものとして「鬼」が持ち出された次第である。実際には「鬼」の姿など、常人の目には見えないものであるが、あなたの心は子ゆえの「闇」にとざされているから、「闇」に縁の深い「鬼」の姿が見えるのでしょうと言ったのである。実は二人の目の前にある絵には「鬼」の姿がありありと描かれているのであるが、それは冥界の光景であって、人知の及ぶべくもない領域のはず、それをあなたが心の「鬼」と喝破することができたのは、ひいおじい様のあのお歌によって判断すると、まことに理屈にかなった話ですねと、作者は式部に同意し、かついたわっているのである。

　式部の心が子ゆえの闇にとざされているというのであるから、この贈答歌は式部が子供の養育のために心を砕いていたころの作ということになろう。『紫式部集』に見える次の歌も、そのような状況を物語る一例である。

世をつねなしなど思ふ人の、幼き人のなやみけるに、
から竹といふものかめにさしたる、女ばらの祈りける
を見て

若竹の生いゆく末を祈るかなこの世をうしといとふものから　（五三）

このような式部の心労を知る周囲の人たちが、子ゆえの闇ということぐさを口にするのは当然で、式部の歌の「心の鬼」から「闇」を連想して四五番歌が詠まれるのもゆえなしとはしないのである。

四

四五番歌は式部と共に絵を見ている人物の作であり、「君」は式部をさしていること、「君が心の闇」とは兼輔の著名歌に由来する子ゆえの闇を意味していることなどを述べてきた。では四五番歌の作者はだれかということであるが、作品読解上は、それは式部と共に絵を見るほどに親しい何者かと考えておけば十分だと思うのである。しかし、私家集の記述から歴史的事実を掘り起こそうとする風潮が近年では顕著であり、『紫式部集』においては特にそれがはなはだしい現状に配慮し、以下の記述を付け加える。

四四、四五番歌とその詞書が歴史的事実の反映であると仮定するならば、この二首が詠まれたのは式部が賢子（後の大弐三位）を出産した後であり、返歌の作者として想定されるのは夫宣孝、父為時、きょうだいの惟規といった男性たち、あるいは女友達、義理の娘、乳母、侍女といった女性たちである。宣孝については、木船重昭氏が述べておられるように、返歌の詞書が「返し、人」となっていないことからして、かなり可能性は低いと思わ

れるが、全く否定することもできない。『紫式部集』において、夫の死後ほどないころの作であることが明らかな四〇、四一、四二、四三番歌の後に置かれているからといって、必ずしも夫の死後の歌とは言えないことは、四九番歌以下の三首について、本書第八章において述べておいた。賢子出産後、宣孝が訪れても式部は幼児に気を取られて夫への対応がおざなりとなり、「最近は私のことはお見限りですね」などと宣孝が冗談まじりに不満を漏らすような状況があったとしたら、宣孝によって四五番歌が詠まれても不思議はなかろう。もちろんこれは単なる推測であり、四五番歌の作者を特定することは、現状においては不可能なのである。

注

（1）学燈社『国文学　解釈と教材の研究』昭和57年10月号所収「紫式部集全歌評釈」。四四、四五番歌は鈴木日出男氏の担当部分である。以下取り上げる鈴木氏の説は全てこの「評釈」による。

（2）新日本古典文学大系『土佐日記　蜻蛉日記　紫式部日記　更級日記』所収『紫式部集』（伊藤博校注）。以下取り上げる伊藤氏の説は全て同書による。

（3）森正人「紫式部集の物の気表現」（『中古文学』第六十五号　平成12年6月）

（4）高橋亨氏が「王朝文学と憑霊の系譜―ことばのシャーマニズム―」（学燈社『国文学　解釈と教材の研究』昭和59年8月号）において、これを「護法童子」と指摘されたのは、本質をついていよう。

（5）森正人氏は前掲「紫式部集の物の気表現」において、宗雪修三氏の「『紫式部集』を読む―物怪と「こほふし」をめぐって」（名古屋経済大学・市邨学園短期大学『人文科学論集』第四十一号　昭和62年12月）を「敷衍補正」し、この画面について「ここには、物の気をわずらう女があり、夫がその原因たる「もの」を調伏しようとしている現実世界のできごとと、護法が霊物を呪縛しているという普通人の目には見えない世界とが、同じ画面に描かれているわけである。異次元同図法と呼んでよい」と結論づけられた。

（6）南波浩『紫式部集全評釈』。以下取り上げる南波氏の説は全て同書による。

（7）この時代、鬼がどのような形象で描かれていたのか、興味のあるところだが、明らかでない。ただ、『後撰集』九〇九番歌の詞書に「一条がもとに、いとなん恋しきと言ひにやりたりければ、鬼の形をかきてやるとて」とあることなどからも、一定の視覚的イメージが存在したことは確かであろう。

（8）本章の初出論文においては「男」としたが、森正人氏の前掲論文に示された四四番歌の解釈に従い、「女」と改めた。

（9）山本利達校注『紫式部日記　紫式部集』（新潮日本古典集成）

（10）木船重昭『紫式部集の解釈と論考』

（11）竹内美千代『紫式部集評釈　改訂版』（昭和51年3月）。なお、同書初版（昭和44年6月）においては、竹内氏は四五番歌を「それは御もっともです。あなたの心が暗いので、その物の怪が心の鬼の影であるとはっきりお見えになるのでしょう」と訳し、続く【評】においては「君の心が暗いから、物の怪の影がはっきり見える」云々と述べ、通説通り「君」は式部をさすとして解釈しておられる。改訂版においては訳文の「あなたの心」を「あの方の心」と改め、【評】の「君の心が暗いから」を「男の心が暗いから」と改めておられる。

（12）和歌文学大系『賀茂保憲女集　赤染衛門集　清少納言集　紫式部集　藤三位集』所収『紫式部集』（中周子校注）

（13）完訳日本の古典『源氏物語　十』（小学館　昭和63年）所収の「源氏物語引歌一覧」によれば、この歌は『源氏物語』に引歌として二五回と、最も多く引用されており、第二位の「とりかへすものにもがなや世の中をありしながらのわが身と思はむ」（一〇回引用）以下を大きくひきはなしている。

第八章　喪中求婚者説の否定

――四十九番歌は夫宣孝の作――

一

紫式部の夫、藤原宣孝は長保三年（一〇〇一）四月二十五日に世を去った。ところが、『紫式部集』の四九番歌以下の三首とその詞書の解釈にもとづき、夫の喪に服す式部のもとに、さっそく求婚者が現れたとする見解が広く行われている。本章ではこれを「喪中求婚者説」と称することとするが、それを否定する論としては、わずかに木船重昭氏の論（後述）が管見に入るのみである。まずその三首を引用しよう。

かどたたきわづらひて帰りにける人の、つとめて

世とともにあらき風ふく西の海も磯辺に波はよせずとや見し　（四九）

と恨みたりけるかへりごと

帰りては思ひ知りぬや岩かどに浮きて寄りける岸のあだ浪　（五〇）

年かへりて、かどは開きぬや、と言ひたるに

たが里の春のたよりに鶯の霞にとづるやどをとふらむ　（五一）

喪中求婚者説を初めて唱えられたのは岡一男氏であろう。[1] 今井源衛氏も『紫式部』（人物叢書）において同説を

採用しておられる。その後、清水好子氏は『紫式部』（岩波新書）において、「夫の喪中にすでに言い寄る男があった」としてこの三首を引用し、ついで次のように述べておられる。この書の影響力の大きさを考慮し、「喪中求婚者説」の代表として、長い引用をお許しいただきたい。

式部の家の門を叩きあぐねて、むなしく帰って行った男が「いつも荒々しい風の吹く九州の海辺でも、海岸に波を寄せつけないということはありませんでした」と、「西の海」を持ち出すのは、西海道（九州）などの受領を経た者か。みずからやって来て、門を開けよと叩くところを見れば、今までにも何度か文を通わして、いよいよ自身出かけて来たのである。「波が寄せる」のは男が通うことの比喩になるので、男の歌の心は、「今までこんな手ひどい拒まれ方をしたことがありません」と怨んだものである。式部は「浮きて寄る」、「あだ波」と、相手の誠意のないことを指す言葉を使って、「かへりては思ひ知りぬや」もきつい口調である。「空しくお帰りになって、こういう女もあるのだとおわかりになりましたか。女のところといえば浮気っぽく言い寄ってごらんになるあなたは」といった意味で、この男を相手にする気はない。すると、男は年明けて、「御門は開きましたか」と言って来た。喪は明けたかとたずねる気持ちが下にある。式部の返歌が「どの里に訪れた春をしるべに、鶯は霞のなかに閉じこもっている宿を訪れるのか」というのは、「どなたのところをたずねたついでに、喪に籠る家を訪れるのでしょう」と皮肉ったのである。これらの贈答は、式部が夫を亡くした長保三年の冬から翌長保四年正月にかけての作ということがわかる。式部は妻として、一年の喪に服している最中であり、気持の上でも、ちょうど、継娘と詠み交した歌や、東三条院諒闇に寄せて挨拶の歌を交わしたころとほぼ同じ時期の作になる。（同書一一二頁以下）

清水氏の『紫式部』の刊行は昭和四十八年であるが、そののち、山本利達氏[2]、鈴木日出男氏[3]、南波浩氏[4]、伊藤博氏(5)、中周子氏(6)等も、「喪中求婚者説」によって解釈をほどこしておられるのである。まさに通説と言ってよかろうが、はたして問題はないのであろうか。

二

まず、「喪中求婚者説」に対する素朴な疑問から始めよう。式部が夫宣孝を亡くして喪に服していることは、式部の周囲の人々にとっては周知の事実であったに違いない。まして、式部に特別の関心を抱く「求婚者」であれば、服喪の事実はもとより、一年の喪が明けるのがいつごろか、知らないはずはないのである。すると「求婚者」は、式部が夫の喪に服しているのを承知の上で言い寄ったということになるが、これは「求婚者」としては、きわめて拙劣なふるまいと言わざるをえないのではないだろうか。喪中は折々に弔意をあらわして女をなぐさめ、喪が明けてから求婚に及ぶというのがまっとうな求婚作戦というものだと思うのである。にもかかわらず、男がこのような挙に出たのだとすると、その「求婚者」はよほど非常識で無神経な男であったということになろう。もちろん、非常識で無神経な男はいつの時代にもいるものであるから、この男もそうであったといえばそれまでのようだが、実は問題はここからである。

夫の喪に服している女の家へ「求婚者」がのこのこやって来て門をたたいた。女は門をあけなかった。翌朝その男から恨みごとをのべた和歌が届けられた。このような場合、女としてとりうる態度としては、まず、手紙の受け取りを手厳しく拒否するというのも、ひとつの選択肢であろう。また、いちおう手紙は受け取って、返事をしないというのがこの際最も無難な対応ではなかろうか。ところが女は、届けられた男の歌に対してご丁寧にも返歌をしたのである。返歌の内容がいかなるものであれ、返歌があったという事実は脈がある証拠だと、非常識無神経な男ならずとも思うのは当然で、案の定「求婚者」はその後、「かどは開きぬや」などと、いい気なことを言ってきた。すると女は性懲りもなく、今回も男に和歌を贈り、さらに、以上の顚末を記録にとどめて後世に伝えるようすがとした。その女こそ紫式部である、などというストーリーは、私にはほとんど冗談としか思えないのであるが、いかがなものであろうか。

ところで、木船重昭氏はその著『紫式部集の解釈と論考』において、「喪中求婚者説」に対するきわめて有効な反論を展開しておられる。その部分（同書九一頁以下）を次に引用しよう。

この一連中の詞書にも歌にも、喪中であることを意味する表現は、まったくない。喪中のこととするのは、表現に即した解釈に由来するのではなく、実は、この一連が、哀傷歌群より後、宣孝追悼の48番につづいて排列されている、その位置から、通時的にその作詠時を喪中だと考える先入見に由来するものであろう。が、亡き夫哀悼の塩釜の歌につづけて、他の新たな男性の懸想にからんだ贈答歌を、解し方次第では、むしろ得意げに、式部は排列したであろうか。50番・51番の式部歌には、嘆きに沈む寡婦の暗い心は、微塵もない。むしろ機知に富み明かるいのである。

木船氏はこのように述べ、さらに四九番歌の「西の海」に着目する従来の説を引いた上で、「宣孝にも西国受領、筑前守の経歴がある。この懸想人は、実は、宣孝であろう」と、斬新な提言をしておられるのである。

『紫式部集』の歌は、特にその前半部分においては、ほぼ年代順に配列されているという、岡一男氏以来の定説めいたものが存在し、それによれば、青春時代の女友達との交友、越前下向、宣孝からの求婚、宣孝との結婚生活、と続く式部の前半生における折々の歌が、時間軸にそって並べられた後、「こぞよりうすにびなる人に」

と始まる詞書を持つ四〇番歌からは、宣孝没後の歌ということになるのである。四九番歌以下の三首を喪中の作とする「喪中求婚者説」が、この通説にもとづくものであることは明らかである。しかし、越前から上京する折の作が歌集後半部分に見出されるなど、通説には問題が多く、この通説の枠をとっぱらってしまえば、「喪中求婚者説」の根拠は何もない。木船氏が「表現に即した解釈に由来するのではなく」「先入見に由来するもの」と言われる通りなのである。ただし、木船氏がこの三首を求婚者宣孝とのやりとりと推測しておられることには疑問がある。私は、宣孝はすでに求婚者ではなく、夫であったと考えている。つまり、私はこの三首を、式部と宣孝との結婚生活のひとこまとして読むことができると考えるものである。

三

「かどたたきわづらひて帰りにける人」は宣孝であり、それは二人の結婚後の出来事であった。年の瀬も近いころ、二人の間にいさかいがあり（歌の表現からすると、おそらく宣孝の女性問題であろう）、ある夜訪れた宣孝を式部は門前払いした。やがて、年が改まったのをきっかけに関係を修復しようとした宣孝から「かどは開きぬや」と言って来た。このようないきさつを、四九番歌以下の三首とその詞書から読み取ることができるように思う。そして、この解釈の当否は別にして、これが「喪中求婚者説」とくらべて、はるかに自然なことのなりゆきであるとは、とりあえずお認めいただけるのではないかと思うのである。

さて、私が右の解釈を支える有力な根拠と考えているのは、「かどたたきわづらひて」という一節にほかならない。男は式部の家の門を、しばらく叩き続けたのである。夜の静寂の中でのことであるから、その音は隣近所にもひびきわたったにちがいない。そもそも、夜分男が他家の門を叩くという場合、ごく当たり前なケースは、妻宅への訪問である。待ち受ける女としては、門を叩く音がひびきわたるのは、夫婦関係が安定していることを隣近所に知らしめる嬉しい機会でもあったろう。彼らが自分たちの夫婦関係について、隣近所の耳目を大いに気にしていたことは、たとえば『蜻蛉日記』上巻の次の例からも明らかである（引用は日本古典文学全集による）。

かくありきつつ、絶えずは来れども、心のとくる世なきに、あれまさりつつ、来ては気色あしければ、たふるるにたち山と立ち帰る時もあり。近きとなりに心ばへ知れる人、出づるにあはせて、かくいへり。

もしほやくけぶりの空に立ちぬるはふすべやしつるくゆる思ひに

など、となりさかしらするまでふすべかはして、このごろはことと久しう見えず。

夫の来訪も早々の辞去も、「近きとなり」の知人には筒抜けであった。「となりさかしら」という言葉には、知人のおせっかいに対する作者道綱母のやりきれなさがよく出ており、この語彙の存在は、このような状況が当時めずらしくなかったことを物語っていよう。

このように近隣の耳目を気にせざるをえない状況では、女性の住む家の門を夜中にだれはばかることなく叩くことができるのは、その家への訪問が当然視される人物に限られるのではなかろうか。求婚者が夜中に門を叩いて近隣の耳目をそばだたせるということは考えがたいように思う。『蜻蛉日記』上巻冒頭部の、次の著名な一節は、そのような社会常識を背景とする。

例の人は、案内するたより、もしはなま女などして、言はすることこそあれ、これは、親とおぼしき人に、たはぶれにも、まめやかにも、ほのめかししに、便なきこと、と言ひつるをも知らず顔に、馬にはひ乗りたる人して、打ちたたかす。誰など言はするにはおぼつかなからずさわいだれば、もてわづらひ、取り入れて、もて騒ぐ。

明らかにここでは、兼家は非常識な求婚者として描かれている。馬で乗りつけた使者は、兼家からの書状を持参したことを大声で呼ばわった。その声は近隣に響き渡り、当惑した家人はとりあえず手紙を受け取って、使者を黙らせたのであった。使者のこのような非常識な行動は、当然兼家の意向を受けてのことであろう。兼家とすれば、相手は格下の家柄の姫であるから、摂関家の御曹司からの求婚は光栄であり、隣近所にも鼻が高いだろうから、せいぜい大声で俺の名前を呼ばわって喜ばせてやれ、といったところであったのかもしれない。ここで思いあわされるのは、『源氏物語』若紫の巻で、源氏が若君（後の紫の上）訪問の帰途、かってかかわりのあった女性の家の前を通りかかって、その門を叩かせる場面である（引用は新潮日本古典集成による）。

いと忍びて通ひたまふ所の、道なりけるをおぼしいでて、門うちたたかせたまへど、聞きつくる人なし。かひなくて、御供に声ある人して歌はせたまふ。

朝ぼらけ霧立つ空のまよひにも行き過ぎがたき妹が門かな

と、二返りばかり歌ひたるに、よしある下仕へをいだして、

立ちとまり霧のまがきの過ぎうくは草のとざしにさはりしもせじ

と言ひかけて入りぬ。また人もいで来ねば、帰るもなさけなけれど、明けゆく空もはしたなくて殿へおはしぬ。

公然たる通い所ではないのであるから、夜明け方に門を叩かせ、歌まで歌わせるのは、通常は非常識な行為とされよう。しかし、なにしろ男は光源氏なのだから、その来訪が近隣に知れ渡ることは女にとって迷惑、といった社会常識を超越した次元で、このエピソードは書かれているのであろう。

兼家にしても光源氏にしても、高い家柄を誇り、女性たちにとって憧れの対象であることを自他共に認める男たちであり、このような男たちにしてはじめて、夜中に妻ならぬ女性の家の門を叩かせることが、時には可能であった。それは、「西の海」という四九番歌の歌句から西国の受領経験者と推測される「求婚者」の、よくするところではなかったろう。式部の家の門を叩いたのは、求婚者宣孝ではなく、もちろん喪中の求婚者でもなく、それは式部の夫であったと考えるのが、最も妥当であろうと思われる。すると、式部の生涯において夫と呼び得る人物は宣孝一人であったという常識（実は仮説）に従う限り、それは式部と結婚後の宣孝であったということになろう。そして、宣孝は筑前守を経験しているから、「西の海」という歌句との矛盾はない。

ちなみに、同じく『源氏物語』若紫の巻の、源氏が若君を奪い取るためにその屋敷を訪れる場面に、「惟光ばかりを馬にのせておはしぬ。かどうちたたかせたまへば、こころも知らぬ者のあけたるに、御車をやをら引き入れさせて」云々とある。これは源氏が当時の常識をうまく逆用したもので、夜中におおっぴらに門を叩くからには、当然の訪問者（たとえば若君の父である兵部卿宮）に違いないと判断して、下人は門を開けたのであろう。なお『源氏物語』において、門を叩くという場面は多くなく、女性宅へのひそやかな訪問の場合、格子をたたくのが通常であるようだ。現実にも、こっそり邸内に進入し、ひそかに格子戸をたたいて合図するというのが、人目を忍ぶ訪問の際の常識であったろう。

四

四九番歌の作者を式部の夫と考える方が、式部への求婚者と考えるよりも、話のいきさつとしては自然であり、詞書の「かどたたきわづらひて」という一節は、夫説の有力な根拠であろうことを述べてきた。なお、式部の五〇、五一番歌について木船重昭氏が「機知に富み明るい」と評しておられるのに私も賛同するものであるが、それは夫婦間の、さほど深刻でないいさかいにぴったりの印象と言うことができよう。また、男の「かどは開きぬや」という言いぐさは、妻の怒りもそろそろとけかかっていることを見越した夫の言葉として絶妙であるように私には感じられるのだが、いかがなものであろうか。

さて、五一番歌の「霞にとづるやど」について、清水好子氏は「喪に籠る家」との意味を読み取っておられたが、山本利達氏も「喪中であることを比喩的にいったもの」、南波浩氏も「霞の衣（喪服）を着て閉じこもっているわが家」と述べておられるのである（いずれも前掲書）。しかし、この句自体が喪中の意味を持っているわけではない。『新編国歌大観』によって検索する限りでは、「霞にとづる」の句を持つ歌は、当歌以外は全て後世の例であるが、次の通り、服喪とはかかわりがないのである。

谷ふかみ霞にとづるまきの戸をはるのたよりにたたく山かぜ　（後鳥羽院御集）
あくる夜の鳥はそらねに成りにけり霞にとづるあふさかの関　（東撰和歌六帖）
あけぬとて行末いそぐ関の戸も霞にとづるあふ坂の山　（続門葉和歌集）
ふもとにてふりさけみればひさかたの霞にとづる春の山みち　（出観集）

つまり、「霞にとづる」の句が服喪を暗示しているというのは、「喪中求婚者説」を前提としなければ成り立たない解釈である。『紫式部集』の歌が正しく時間軸にそって配列されているという前提をとっぱらってしまえば、「喪中求婚者説」には何の根拠もないことは明らかなのである。

なお、五一番歌が『千載集』雑上に、次のように収録されていることにも注意しておきたい。

十二月ばかりに、かどをたたきかねてなん帰りにしと
恨みたりける男、年返りて、かどは開きぬらんやと言
ひて侍りければ、つかはしける　上東門院紫式部
たが里の春のたよりに鶯の霞にとづる宿をとふらむ　（九六二）

詞書から判断すると、撰者俊成が『紫式部集』に取材していることは明らかであろうから、式部は喪中であったなどと書かれていないのは当然と言えよう。注目すべきは、この歌を収める『千載集』雑上巻頭部分には、一条天皇の時代を中心とする往時の宮廷和歌が集められているという事実である。冒頭の九五九番歌から、その詞書の一部と作者名を列挙してみよう。

上東門院より六十賀おこなひ給ひける時……法成寺入道前太政大臣（九五九）
上東門院入内の時の御屏風に……大納言斉信（九六〇）
一条院御時、皇后宮五節たてまつられける時……皇后宮清少納言（九六一）
十二月ばかりに……上東門院紫式部（九六二）
藤原実方朝臣の宿直所にもろともにふして……藤原道信朝臣（九六三）
二月ばかり月あかき夜、二条院にて人々あまたゐあかして……周防内侍（九六四）
と言ひいだし侍りければ、返事に……大納言忠家（九六五）
一条院御時、皇后宮に清少納言初めて侍りけるころ……皇后宮定子（九六六）
御返事……清少納言（九六七）

このように、晴れやかな宮廷和歌群の中に紫式部の一首は位置しているのである。もし「霞にとづる」の一句が、

服喪を連想させる不吉な歌句であったならば、俊成は式部の一首を、この華麗な宮廷歌群から注意深く排除したにちがいない。この歌句は服喪を暗示しないという歌学知識を、藤原俊成がわれわれに教示してくれているように思うのであるが、いかがなものであろうか。

結び

本章では、『紫式部集』の四九番歌以下の三首を取り上げ、それが夫の喪に服す式部と求婚者とのやりとりであるとする通説を否定し、さらに木船重昭氏が主張する求婚者宣孝説[7]をも否定し、夫宣孝との結婚生活のひとこまであることを主張して来たのである。これは新解釈の提示であるが、問題はそれにとどまるものではなく、『紫式部集』の成立について再検討するための基礎作業の一環でもある。

『紫式部集』については、自撰本とするのが大方の見解だが、はたして問題はないのであろうか。夫の死にかかわる歌群の直後に夫婦喧嘩の歌が置かれているとすると、それはこの家集を自撰本と考えることを躊躇させる。同集を自撰本と主張するほとんど唯一の根拠は、式部自身にしか書きえない詞書や左注が随所に見られるということであろうが、それは『紫式部集』の資料となった詠草が式部の筆になるものであったことを証明するにとどまり、その詠草をもとに家集を編纂したのが式部本人であったかどうかはわからない。『紫式部集』自撰説は、一度ご破算にして検討し直してみる必要があるのではないかというのが本章の結論であり、この問題については次の第九章において、改めて検討を加えたい[8]。

注

（1）岡一男『源氏物語の基礎的研究』

（2）山本利達校注『紫式部日記　紫式部集』（新潮日本古典集成）

（3）学燈社『国文学』昭和57年10月号所収「紫式部集全歌評釈」。四九番歌は鈴木日出男氏の担当。

（4）南波浩『紫式部集全評釈』

（5）新日本古典文学大系『土佐日記　蜻蛉日記　紫式部日記　更級日記』所収『紫式部集』（伊藤博校注）

（6）和歌文学大系『賀茂保憲女集　赤染衛門集　清少納言集　紫式部集　藤三位集』所収『紫式部集』（中周子校注）

（7）四九番歌を求婚者宣孝の作とする見解は、早く与謝野晶子の著作の中に見出されるが（『紫式部新考』昭和3年1月）、それは式部の恋歌の相手は宣孝一人とする貞女観にもとづくもので、「喪中求婚者説」への反論として提出された木船氏説とは性格を異にする。

（8）野村精一氏は「作家・作品・作者―むらさき式部のばあい―」（『源氏物語研究集成』第十五巻所収）において、「ことに私家集なるジャンルの特性上、とは本来「いへのしふ」とは古今序について見られるように、勅撰にあたって資料として編まれ献ぜられたもの、そのような条件を伴わない限り、自ら撰述の要はないものである。（中略）その子女たち、たとえば大弐三位によってその歌反古が集約されたとしたとき、その反古たちの質にもよろうが、もはや自撰などとは言い難い」と、拙論とは異なった観点から、自撰説に疑問を呈しておられる。

第九章　『紫式部集』自撰説を疑う

一

『紫式部集』については、紫式部自身による編纂、すなわち自撰家集であるとの説が通説となっている。自撰と考えるには都合の悪い箇所については、成立後の損傷、あるいは他資料の混入などといった説明がなされるのが常である。まずは先学のご研究の中から、『紫式部集』の成立について論じられた部分を引用し、自撰説の実態を明らかにしておきたい。

『紫式部集』自撰説は早くから唱えられていた。たとえば岡一男氏は『源氏物語の基礎的研究』の中で、「この集が幼年時代の「友」へ与へた歌に始まり、我々に知られる彼女の晩年の「友」の死への弔歌に終つてゐて、その首尾が整つてゐるところをみると、これは作者が集めたものであると思ふ。特にその詞書には『紫式部日記』によつて知られる彼女独自の筆致が感じられる。恐らく『紫式部集』は長和二年冬に彼女によつて自撰され……」(1)と述べておられる（同書一七七頁）。しかもその後、清水好子氏がその著『紫式部』（岩波新書）において、同集を式部自身の手になる一次資料として詳細に読み込み、卓抜な紫式部伝を描き出したことによって、『紫式部集』自撰説は、単なる一家集の成立の問題にとどまらず、『源氏物語』作者の人生や思想を探るための前提として、広く受け入れられるに至った。同書の一部を引用しよう。

紫式部集は可能性に充ちた青春時代を記録する点で、同時代の女流には類を見ないものというべきである。彼女自身の手によって排列されたと思われる紫式部集の冒頭十数首に向き合っていると、娘時代というものが千年の過去も今もほとんど変らないのではないかと思えてくる。（序章）

紫式部は、たぶん源氏物語の執筆が相当進んだか終わったころ、自分の生涯の点検を試みた。歌集の編纂をしたのである。紫式部集と、のちの人から呼ばれている。（中略）ただ、式部集は本来彼女自身の手によって編まれたのであろうけれども、非常に早い時期に破損があり、また、何らかの事情で、これも非常に早い時期に式部以外の人の手で編まれた部分も混入していたりして、そう簡単に排列の順に考えてゆけない場合がある。ことに、後半の宮仕えの歌で、紫式部日記と重なるものにはその疑いが濃いのであるが、前半にも、年代順に排列されたと見ると都合の悪い歌も一、二首は出てくる。たとえば、第三番目の歌が千載集によって、宮仕え後の歌と解釈されているのはその一例である。が、前半の大部分は自纂、年代順の排列と考えてよいと思われるので……（第一章）

なお、この書の刊年と同じ昭和四十八年の十一月に刊行された『私家集大成　中古Ⅰ』の紫式部集「解題」の中の紫式部略伝に、式部が「紫式部集を編んだのは、長和二年冬の頃であろう」とされていることは、自撰説定説化に寄与したことであろう。この「解題」の筆者は今井源衛氏であるが、今井氏は著書『紫式部』（人物叢書）の中でも、「『紫式部集』が自撰であることはおおむね認められるわけだから……」（同書二三四頁）と、ごくあっさりとした記述ながら、自撰説を容認しておられる。

南波浩氏は『紫式部集全評釈』の中で、次のように、具体例をあげながら自撰説を主張しておられる。

問題は、この家集は式部の自撰なのか、他撰なのか、という点であるが、家集を読み進めて、まず驚目させられるのは、歌と詞書との緊密性である。その詞書には長いものと短いものとがあるが、長い詞書は詠歌のシチュエーションを叙べ尽していて間隙がないし、また簡単な詞書は、一読そのシチュエーションの把握を渋滞させるものもあるが、その簡単な表現が、実は歌と深い緊密性をもっていて、それ以上の冗言を必要としないことを感知させるものが多い。したがって、そこには他者の補筆や改変を許容しない特質が認められる。

また、その詞書や左注は、詠者自身の生生しい内面心情、心底のつぶやきを端的に表明していて、第三者の容喙を拒否するていの表現が目立つ。たとえば（五）「返し、手を見分かぬにやありけむ」などは、詠者のパラドクシカルな表現で、式部自身の心底のつぶやきが聞こえてくる思いがみられ、（一九）「二心なしなど、常に言ひわたりければ、うるさくて」、（三三）「すかされて、いと暗うなりたるに、おこせたる」、（三四）「『今は、ものも聞こえじ』と腹立ちたれば、笑ひて、返し」などの表現は、式部自身の主観的な、内面心情を表白するもので、到底、第三者のなしうる表現ではない。

あるいはまた、その左注、たとえば（三一）「もとより人のむすめを得たる人なりけり」、（四三）「『思ひ絶えせぬ』と、亡き人のいひける事を、思ひ出でたるなり」、（九七）「わづらふ事あるころなりけり」、（一〇九）「七月ついたちころ、あけぼのなりけり」、（一二二）「雨降りて、その日は御覧とまりにけり。あいなの公ごとどもや」など、歌と密接していて、そのシチュエーションを遺憾なく解き明かしている点など、当事者ならでは、と思わせる。これらの点から、この家集は式部の自撰家集と考えられる。（同書七一二頁）

その後、『新編国歌大観　第三巻』「私家集編Ⅰ」（昭和60年5月　角川書店）の「紫式部集」解題において山本利達氏は「……底本（実践女子大学本―徳原注）と古本系統とは、歌順に一部異同があるが、詞書はほとんど同じであり、本来祖本が同じであって詞書の書き方や歌の配列法等から晩年の作者の自撰であったと考えられる」と述べておられる。また『和歌大辞典』（昭和61年3月　明治書院）の「紫式部集」の項で今井源衛氏は「……詞書からみて自撰と見られる。成立は長和二年（一〇一三）冬の頃であろう。その後数か月を経ずして式部は死を迎えたが、定家本巻末に近い数首には、それを予感したかのごとき最晩年の傷心があらわである」と述べておられる。こうして、これら『私家集大成』『新編国歌大観』『和歌大辞典』といった、戦後から昭和の終わりに至る和歌文学研究の集大成ともいうべき基本文献に『紫式部集』自撰説が肯定的に記述されたことによって、将来にわたって自撰説が定説として継承される可能性が生じたのである。

さて、自撰説の最大の根拠は、その詞書や左注に紫式部自身の筆になるとしか考えられない記述があるという点にあり、おそらくこれが唯一の根拠でもあるだろう。他の根拠といえば、たとえば右の『和歌大辞典』の解題の中に、「定家本巻末に近い数首」について、近づく死を「予感したかのごとき最晩年の傷心があらわ」とあり、これを式部自身の営為と見るかのような解説が見られるが、これが巻末の三首（一二四〜一二六）のことをさしているのであるならば、それは私家集の伝本研究の観点からすれば、古本系統の他本から定家本系巻末に増補されたものと見るのが妥当で、自撰説の根拠とはなりえないのである（第十一章参照）。また、先に引用した岡一男氏の著書の中で「首尾が整つてゐる」点が自撰説の根拠とされているが、仮にそれが編纂者の所為であったとしても、編纂者が式部自身であった証拠とはならない。

二

それでは、自撰説の唯一の根拠というべき詞書と左注の問題について、右に引用した南波浩氏の御説をなぞりつつ、検討を加えてみたいと思う。南波氏がまず取り上げておられるのは、次の例である。

方違へにわたりたる人の、なまおぼおぼしきことありとて、帰りにけるつとめて、朝顔の花をやるとて

おぼつかなそれかあらぬかあけぐれのそらおぼれする朝顔の花　（四）

返し、手を見分かぬにやありけむ

いづれぞと色分くほどに朝顔のあるかなきかになるぞわびしき　（五）

確かに詞書の「手を見分かぬにやありけむ」という記述は、男からの返歌「いづれぞと……」を読んだ上での式部の感想にほかならず、南波氏の「式部自身の心底のつぶやき」という評語は当を得ていると言えよう。第三者が返歌をもとに推測を加え、詞書にこのような記述を加えるいわれはないのである。ちなみに、この贈答歌を収める『続拾遺集』は、「おぼつかな……」の詞書を「方違へにまうできたりける人の、おぼつかなきさまにて帰りにけるあしたに、朝顔を折りてつかはしける」としており、現存『紫式部集』の詞書にもとづく記述と推測されるのであるが、「いづれぞと……」の詞書としては「返し」とのみ記している。『続拾遺集』の選者藤原為氏が御子左家の当主として定家本『紫式部集』を所持していたことは疑いのないところであろうが、(2)「手を見分かぬにやありけむ」という記述を『続拾遺集』の詞書に加えなかったのは、それは和歌から読者が読み取るべきこと

がらであって、客観的な詞書としては不純な要素と判断したからであろう。勅撰集撰者として、妥当な処置であったと言えよう。なお、近年の研究者の中には、この返歌の作者を後に式部の夫となる藤原宣孝と推測する向きがあるが、『続拾遺集』は正しく「よみ人知らず」としている。『紫式部集』に作者名が記されていない以上、それは当然の処置といえよう。

近江守の娘懸想ずと聞く人の、ふた心なしなど、つね
に言ひわたりければ、うるさくて

水うみの友よぶ千鳥ことならばやその湊に声たえなせそ　（二九）

この「うるさくて」が、和歌作者のきわめて個人的な感想であり、式部自身の筆になる詞書であることは疑いないであろう。第三者の立場からすれば、このような心情は推測しがたいし、また、詞書に記述すべきことがらでもない。「式部自身の主観的な、内面心情を表白するもの」と南波氏が言われる通りであろう。

ふみ散らしけりと聞きて、ありしふみどもとりあつめ
てをこせずはかへりごと書かじと、言葉にてのみ言ひ
やりければ、みなをこすとて、いみじく怨じたりけれ
ば。睦月十日ばかりのことなりけり

とぢたりし上のうすらひとけながらさはたえねとや山の下水　（三二）

すかされて、いと暗うなりたるにをこせたる

こち風にとくるばかりを底見ゆる石間の水はたえばたえなん　（三三）

今はものもきこえじと腹立ちたれば、笑ひて、返し

言ひたえばさこそはたえめ何かそのみはらの池をつつみしもせん　（三四）

夜中ばかりに又

たけからぬ人かずなみはわきかへりみはらの池に立てどかひなし　（三五）

南波氏は三三・三四番歌の詞書を取り上げておられるのであるが、それをも含め、右に引用した詞書全てが、「式部自身の主観的な、内面心情」にとどまらず、当事者（紫式部）にしか知りえない詳細な事実を述べていることは疑えない。特に「言葉にてのみ言ひやり」「睦月十日ばかり」「すかされて」「笑ひて」などの記述にそれは顕著である。この、当事者にしか知りえない詳細な事実という観点からすると、『紫式部集』の少なからぬ詞書に、それはあてはまると言うことができよう。

次に左注について、南波氏が挙げておられる例を、詞書、歌をも含めて引用しておく。

ふみの上に、朱といふ物をつぶつぶと注ぎかけて、涙の色など書きたる人のかへりごとに

くれなゐの涙ぞいとどうとまるるうつる心の色に見ゆれば　（三一）

もとより人の娘をえたる人なりけり

おなじ人、あれたるやどの桜のおもしろきこととて、折りてをこせたるに

散る花をなげきし人はこのもとのさびしきことやかねて知りけむ　（四三）

おもひたえせぬと、亡き人の言ひけることを思ひいで

たるなり

ものや思ふと人のとひたまへる返事に、長月つごもり

はなすすき葉わけの露や何にかく枯れゆく野辺にきえとまるらむ　（九六）

わづらふことあるころなりけり

人のをこせたる

うちしのび嘆きあかせばしののめのほがらかにだに夢を見ぬかな　（一〇八）

七月ついたち、あけぼの成けり

すまひ御覧ずる日、内にて

たづきなき旅のそらなるすまゐをば雨もよにとふ人もあらじな　（一二〇）

返し

いどむ人あまたきこゆるももしきのすまゐうしとは思ひしるやは　（一二一）

雨ふりて、その日は御覧とどまりにけり。あいなのおほやけごとどもや

これらを評して南波氏は、「歌と密接していて、シチュエーションを遺憾なく解き明かしている点など、当事者ならでは、と思わせる」と述べておられるが、首肯できるご見解であるといえよう。

以上、南波氏の文章にそって、『紫式部集』の詞書や左注の中に、式部本人でなければ書けないと判断される心情や事実の記述があることを確認してきたが、そのような例はこれらのほかにも、巻頭の二首をはじめとして少なからず存在するのである。しかしながら、それのみを根拠として、『紫式部集』の編纂者が式部自身であると主張することはできない。式部が遺した自筆の詠草を資料として、第三者が家集を編纂したと考える余地も十分にあることを、ここで強調しておきたい。

そもそも家集の編纂にあたっては、自撰であれ他撰であれ、編纂者は歌を取捨選択し、選び出した歌を何らかの基準に従って配列するのである。このうち歌の取捨選択に関しては、『紫式部集』の場合に限らず、その実態を知ることは困難だが、配列の基準については、それぞれの家集を仔細に検討することによって明らかにできるケースは少なくない。『紫式部集』についてはおおむね、特に前半部については、年代順に配列しようとする志向が顕著であることは、従来指摘されている通りである。しかし、そのこと自体は『紫式部集』が自撰家集であることを保障しない。第三者が、式部の遺品となった詠草一枚一枚を、自らの判断で年代順に並べなおし、それに従って家集を編纂した可能性があるからである。もしそうであるならば、編纂者による誤読や誤った先入観によって、配列に矛盾が生じかねない。私はこれまで本書において、このような矛盾の数々を指摘し、『紫式部集』自撰説に疑問を呈してきたのであるが、今回あらためてそれらを整理して提示し、『紫式部集』他撰説を主張しようとするものである。

三

ところで、話は一旦、本筋から逸れるのであるが、『紫式部集』に式部自身の筆になると考えられる詞書や左注が少くないことを確認したついでに、以前から気になっている一記述について、ここで取り上げておきたい。

こぞよりうすにびなる人に、女院かくれさせ給へる春、いたう霞みたる夕暮に、人のさし置かせたる

雲の上も物思ふ春は墨染めに霞む空さへあはれなるかな　(四〇)

返し

何かこのほどなき袖を濡らすらん霞の衣なべて着る世に　(四一)

古本系統の陽明文庫本には、詞書の前半部は「こぞの夏よりうすにびきたる人に、女院かくれ給へる又の春」とあって、より詳しい記述となっている。問題となるのは、この詞書の「うすにび」についてである。ちなみに「うすにび」は「薄鈍」で、喪服の色であるが、薄鈍色は軽い服喪、いわゆる「軽服」に際して着用される。父母や夫の死に際しての、いわゆる「重服」には、濃い墨染色の喪服を着用するのがしきたりなのである。

さてこの場合、だれがだれの喪に服しているのかというと、「こぞよりうすにびなる人」のもとに「人のさし置かせたる」歌が四〇番歌であり、「人のさし置かせたる」の「人」が式部自身をさすとは考えられないから、「こぞよりうすにびなる人」こそ式部である。同集には式部自身を「……人」と表現した例として「世をつねなしなど思ふ人」(五三番歌詞書)というのがある。なお『小大君集』のように、第三者同士による贈答歌を少なか

らず収める私家集も存在するが、『紫式部集』には式部にかかわりのない贈答歌は基本的には存在しないから、この場合も一方が式部の歌と解するのが妥当であり、「こぞよりうすにびなる人」すなわち式部による返歌が四一番歌であることは確かであろう。

では、だれのための喪かといえば、「女院かくれさせ給へる春」とあることによって判明する。式部存命中に逝去した女院とは東三条院詮子であり、それは長保三年（一〇〇一）閏十二月二十二日のことであった。従って「女院かくれさせ給へる春」とは女院逝去の翌年、長保四年の春のことである。陽明文庫本に「女院かくれ給へる又の春」とある本文はわかりやすい。そして、このころ式部は、長保三年四月二十五日に亡くなった夫、藤原宣孝の喪に服していたはずなのである。それは「こぞより」「こぞの夏より」という詞書の記述にぴったり当てはまる。

そこで厄介な問題が浮上する。夫の喪は「重服」であるから、「軽服」を意味する「うすにび」では、明らかに矛盾するのである。これについては早く与謝野晶子の『紫式部新考』や岡一男氏の『源氏物語の基礎的研究』においても問題視されており、いずれもその理由として、紫式部が宣孝の正妻でなかったことに言及している。一方、南波浩氏の『紫式部集全評釈』は、「軍防令」衛士下日条に見える「重服」記事についての『令義解』の注「重服、謂父母喪也」によって、「重服」とは父母の喪に服することで、父母以外の服喪は全て「軽服」であったと主張している。この新説に対して工藤重矩氏は論文「紫式部集注釈不審の条々―宣孝関係とされる歌―」[3]において説得力のある批判を展開し（詳細は同論文によられたい）、「妻、妾にとっては夫への喪は重服である」と結論づけ、さらに次のように述べている。

紫式部は妻（正妻）ではなく、いわゆる妾にあたる立場だっただろうと言われている。妻でなく妾の立場の者も、延喜式治部に「妾、夫の為には服一年」とあり、簾中抄の服暇にも「をとこ一年。妻も思ひ人も、みな忌むべし」とあるごとく、一年の喪に服した。しかしその時には、源氏物語葵巻で、もし源氏が先に死んでいたら、葵は源氏が着ているのより濃い喪服を着ただろうと言っているように、濃い喪服を着た。だとすれば、紫式部もまた宣孝の喪にあたっては「薄鈍」ではなく、濃い喪服を着たはずである。与謝野晶子以来の疑問は解決されていない。

工藤氏はこのように述べておられるのであるが、ここまではまことに納得のできる御論であると思う。ところが工藤氏はこの後、「うすにび」を着ているのは紫式部ではないとし、四一番歌ではなく四〇番歌の方を紫式部の歌とする独自の考察へ向かわれる。しかし私は、先ほど述べた通り、「うすにびなる人」は式部、四一番歌が式部の歌と考えるものであり、工藤氏の説は詞書の「人のさし置かせたる」を「人にさし置かせたる」とでも改訂することなしには成立しないようであるから、これには納得しがたく思うのである。

では、どうして夫の喪に服する「重服」が「うすにび」とされているのか。私は、この問題は、この詞書を記したのが紫式部自身であったという推測を前提とすることによって、解決の糸口がえられるように思う。亡き夫の喪に服している女性が、その事実を書き記すとして、人によっては、悲しみをあらわに表現することもありえようが、それとは逆に、紫式部という人は、強い自制心のもとに、自らの置かれている事態について、特に個人的な悲しみについては、わざと軽く書きなすような性向の持ち主ではなかったかと推測するものである。濃い墨染めの喪服を身にまとい、悲しみに沈みながらも、それを「うすにび」と書きなすのが彼女なりのスタイルであり、たしなみではなかったかと推測してみたいのである。もちろん、これは全くの想像であり、そのような例が他にあるのかと問われると、答えに窮せざるをえないのであるが、この難問に対する一つの仮説として提唱しておきたい[4]。

四

それでは、話を本筋に戻して、『紫式部集』を自撰とは考えがたい配列上の矛盾点を、いくつか指摘してみたいと思う。まず、二九番歌からの三首を取り上げる。

近江守の娘懸想ずと聞く人の、ふた心なしなど、つねに言ひわたりければ、うるさくて

水うみの友よぶ千鳥ことならばやその湊に声たえなせそ　（二九）

歌絵に、あまの塩焼くかたをかきて、樵り積みたる投げ木のもとに書きて返しやる

よもの海に塩焼くあまの心からやくとはかかるなげきをやつむ　（三〇）

ふみの上に、朱といふ物をつぶつぶと注ぎかけて、涙の色など書きたる人のかへりごとに

くれなゐの涙ぞいとどうとまるるうつる心の色に見ゆれば　（三一）

もとより人の娘をえたる人なりけり

これらについては本書第二章において詳述したので、ここでは要点のみを略記しよう。従来これらは、藤原宣孝との結婚前のやりとりと考えられてきた。その理由は、これらが越前下向と越前滞在の折に詠まれたとおぼしい

歌群（二〇～二八番歌）の後、夫婦喧嘩の一幕と推測されている歌群（三二～三五番歌）の前に置かれていること、また、二八番歌が宣孝からの求婚に対する返歌と推測され、二九番歌から三一番歌はそれに続く交際期間の歌と解されたことによる。しかし、二八番歌を宣孝への歌と解すべき理由はなく、それは越前国府における周囲の人物とのやりとりと解すべきである。また二九番歌以下の三首の詞書と左注を仔細に検討すると、これらは若き日の紫式部に求婚してきた男性たちへの返歌と考えられる。そのことを特に雄弁に物語っているのは三一番歌の左注「もとより人の娘をえたる人なりけり」で、これは「すでにれっきとした家のお嬢さんと結婚している人だったのです」と解されるが、それは、すでに婿取られていながら「まだ定まった妻はありません」などとぬけぬけと言ってくる若い男にこそふさわしい記述である。何度かの結婚歴があり、すでに成人した子女もある中年男宣孝にはあてはまらない表現といえよう。

このように解釈すると、これら三首は、年代順に歌を配列しようとするならば冒頭部近く、せめて越前下向の歌群より前に置かれていなければならないのであるが、そうなっていないのは、編纂者が式部自身ではなかったからとしか考えられない。式部の遺した詠草を元に『紫式部集』を編纂した人物が、これら三首（おそらく一枚の詠草に記されていた）を宣孝との結婚前の交際期間の作と誤解し、この位置に配したのであろう。この編纂者の判断を、現代の諸注は正しく継承していると言えようが、それはこれらの歌、詞書、左注の厳密な解釈から導き出される「事実」とは相違する。もちろんここで言う「事実」とは歴史的事実の謂いではなく、式部が事実として書き記した事柄の謂いである。

次に四九番歌以下の三首を取り上げよう。

かどたたきわづらひて帰りにける人の、つとめて

世とともにあらき風ふく西の海も磯辺に波はよせずとや見し　（四九）

と恨みたりけるかへりごと

帰りては思ひ知りぬや岩かどに浮きて寄りける岸のあだ浪　（五〇）

年かへりて、かどは開きぬや、と言ひたるに

たが里の春のたよりに鶯の霞にとづるやどをとふらむ　（五一）

これらについては本書第八章において詳述したので、要点のみを略記する。これらは従来、夫宣孝の喪に服す式部のもとに、さっそく現れた求婚者とのやりとりと解釈されている。それは「こぞよりうすにびなる人に」と始まる詞書をもつ四〇番歌から後には夫の死後の歌が配列されているという先入観に由来するものであるが、この歌群の直前に「見し人の煙となりし夕べより名ぞむつましき塩釜の浦」（四八）という哀傷歌が、直後には「世の中のさわがしきころ」云々の詞書をもつ「消えぬ間の身をもしるしる朝顔の露とあらそふ世をなげくかな」（五二）という無常の歌が配されていることは（ただし、陽明文庫本では五一番歌の後に「さしあはせて物思はしげなりときく人を」云々の詞書をもつ歌があったようだが、歌は欠落）、この歌群が喪中の作と解釈された大きな理由であろう。しかし、夫の喪中に求婚してきた男に対して、五〇番、五一番の二首を式部がわざわざ返歌したのだとすると、それは求婚に応じる意思表示ともうけとられかねず、きわめて不自然である。また、「かどたたきわづらひて」というのは、夫の来訪の場面にふさわしい描写であって、求婚者が隣近所をもはばからず、亡き夫の喪に服す女の家の門をたたき続けるというのも不自然である。ここに書かれている「事実」は、おそらく次のようなものであったろう。ある年の暮れ、夫婦の間で何らかのいさかいがあり（歌の表現からして、おそらく夫の女性問題）、訪れた夫を式部は門前払いした。その折のやりとりが四九番と五〇番の歌。その後、年が改まったのを

きっかけに、関係を修復しようとして「かどは開きぬや」と言ってきた夫への返歌が五一番歌である。

このように解読するならば、夫の死後の悲しみや無常観を詠む歌が続く中に、突如として夫婦喧嘩の歌が挿入されていることになり、『紫式部集』自撰説に従う限り、このような配列をなした式部の意図が理解できない。この三首（おそらく一枚の詠草に書かれていたであろう）の詠作事情を知らない第三者が、何らかの理由で、喪中における求婚者とのやりとりと誤って判断し、この位置に配したのであろう。現代の通説は、その編纂者の判断を正確に読み取ったものと言えようが、式部が詠草に記した「事実」とは相違するのである。

次に八三番、八四番の贈答歌を取り上げたい。

人の

けぢかくてたれも心は見えにけんことはへだてぬちぎりともがな　（八三）

返し

へだてじとならひしほどに夏衣うすき心をまづ知られぬる　（八四）

これらについては本書第六章において詳述したので、要点のみを略記しよう。これらは従来、藤原宣孝と紫式部との、結婚前のやりとりと解されてきた。しかし、男女関係をあらわす場合、「けぢかし」は物越しに話をするといった段階から、親密な関係を結ぶ段階までを広くあらわしうる言葉であること、八四番歌の「へだてじとならひし」とは、結婚前の贈答歌において女が詠むはずのない言葉であることなどから、この二首は結婚後の贈答歌と考えられる。また、八三番歌において、結婚という事実がことあたらしく持ち出され、これからの夫婦生活についての希望が表明されていることや、八四番歌の「まづ知られぬる」という表現からは、これらが新婚早々の贈答歌であることが読み取れる。

このように解釈するならば、思い出深い新婚早々の贈答歌が家集後半部に配されているということになり、それは決して紫式部自身の所為ではありえないだろう。詠作事情を知らない第三者が、これらをどこに配列していいか判断がつかないまま、後半部にまぎれこませたとしか考えられないのではなかろうか。

以上、三つの例を取り上げて、『紫式部集』が、式部の遺した詠草を資料として生かしつつも、第三者の手によって編纂された他撰本であったろうことを述べてきた。『紫式部集』の、特に前半部が、娘時代の歌々に始まり、越前下向、結婚、夫の死、出仕と、式部の前半生における折々の歌を、年月の流れにそって配置しようとしていることは認められる。しかし、それをなした編纂者は、誤解や先入観によって、式部自身であれば犯すはずのない誤りをくり返しているのである。

では、本章の結論を応用して、一つの問題について考えてみよう。

箏の琴しばしと言ひたりける人、参りて御手より得む

とあるかへりごとに

露しげきよもぎが中の虫のねをおぼろげにてや人の尋ねん　（三）

実践女子大学本では詞書は「さうのことしはしとかひたりける人」と始まるが、意味が通じにくいので、陽明文庫本によって改めた。詞書の意味は、「前から『箏の琴をしばらくお借りしたい』と言っていた人が、『参上してお手づから拝借したい』と言ってきたので、その返事に」というのであって、文意は明瞭である。琴の借用を願い出て承諾が得られれば、受け取りに使いの者をよこせばいいのであるが、自ら参上して拝借したいと言ってきたのは、借用を口実に訪問して、歓談の時を持ちたいという心積もりであろう。その人物が男性なのか女性なのかはわからない。なお岡一男氏以来、琴の奏法を習いたいとの申し出とする説があるが、「箏の琴しばし」とは、

しばらく拝借したいとしか解せないし、「御手より得む」というのも、物品の授受を意味していると解するのが妥当だろう。

さて、『紫式部集』の配列からすると、若年のころの作と推定されるこの一首が、『千載集』雑上（九七四）に「上東門院にはべりけるを、里にいでたりけるころ、女房の消息のついでに、箏の琴伝へにまうでむと言ひて侍りければつかはしける」と、出仕以後の作とされていることが、かねてから問題視されている。しかし、『紫式部集』を他撰本と見定めるならば、この歌を若年の作としてこの位置に配したのは撰者の判断にすぎないわけだから、事実がどうであったかはわからないことになる。仮に『千載集』の詞書が他資料にもとづく確かな記述で、「上東門院」云々が事実を反映しているとしても、『紫式部集』の詞書と大きく矛盾しているわけではない。一方、河内山清彦氏が述べられたように、(5) 俊成の生きた時代には、紫式部については「上東門院女房」程度のことしか知られておらず、『千載集』の詞書は『紫式部集』の詞書を、俊成なりに解釈したものとも考えられる。『千載集』詞書では奏法の伝授とされているのも、俊成の誤読であった可能性がなきにしもあらずである。いずれにしても、この歌が『紫式部集』の冒頭近くに位置していることは、他撰説による限り、何の問題もないのである。

余　説

『紫式部集』が式部の遺稿にもとづく他撰家集であることを述べてきたのであるが、式部の生涯を和歌でたどろうとした編纂者の存在を前提とする時、『紫式部集』の歌の配列に関する一つの難問を解決する糸口がつかめるように思うのである。それは越前よりの上京の途次に詠まれたと考えられている次の歌群にかかわる。

都の方へとてかへる山越えけるに、よび坂といふなる所のわりなきかけぢに、輿もかきわづらふを、恐ろしと思ふに、猿の木の葉の中よりいと多くいできたれば

ましもなほをちかた人の声かはせわれ越しわぶるたごのよび坂　（八〇）

水うみにて、伊吹の山の雪いと白く見ゆるを

名に高き越の白山ゆきなれて伊吹の嶽を何とこそ見ね　（八一）

卒塔婆の年へたるが、まろび倒れつつ人に踏まるるを

心あてにあなかたじけな苔むせる仏のみ顔そとは見えねど　（八二）

八二番歌については、帰京の途次での嘱目かと推測したが、確証があるわけではない。これが別時の詠作であったとしても、以下の議論に影響はない。なお、この歌群については第四章においても取り上げた。

ところで、越前下向時の歌と越前滞在時の歌は、家集前半部（二〇～二八）にまとめて収められている。[6] この家集が年代順の配列を志向しているからには、帰京時の歌はその直後に配されてしかるべきであろう。ところが、ずっとあとの家集後半部に、この歌群は突如あらわれるのである。これはいかなる理由によるものであろうか。

まず考えられることは、本来、越前滞在時の歌群の直後に置かれていたこの歌群が、錯簡等の理由により、誤って後半部にまぎれこんでしまったのではないかとする推測である。しかし、この三首（あるいは二首）の書かれた一枚の詠草を前にして、それを家集のどの位置に配すべきかを、歌と詞書の記述から決定しようとしている編纂者を想定する時、そこに新たな推測が浮かび上がってくるのである。それは八一番歌にかかわる。

八〇番歌の詞書には、上京の途次、越前の鹿蒜山を越えたことが述べられ、北陸方面からの帰京であることが

知られる。したがって、越前の国府からの帰京と考えても矛盾はないのであるが、では八一番歌はどうであろうか。その詞書には、さらに進んで琵琶湖東岸に達し、伊吹山を望んでいることがのべられている。歌の大意は、「名高い越の白山に行き慣れて、その深い雪を見慣れているので、伊吹山の雪など、何ほどのものとも思わない」といったところだろう。

問題は、紫式部が「越の白山」に「行き慣れ」ていたと詠んでいることの意味である。山岳信仰の霊山に、女性である式部が入山するなどありえないから、これは白山を何度も間近に望むことがあったとの意味だろうと編纂者は理解したであろうし、その理解に間違いはなかろう。すると、越前の国府武生（現福井県越前市）から白山が望めるかどうかということがまず問題となる。実際には国府からは見えにくいようであるが、越前国内には、白山をしかと遠望できる地域が存在するであろう。しかし、そのような情報を、式部ならぬ編纂者が知りえたかどうかはわからない。むしろ編纂者は、式部の父為時が後年、越後守に任じられているという事実と、白山は加賀国の山であるという常識を結びつけて、式部は父のいる越後国へ下向したことがあり、その下向と帰京の途次、加賀国を通過し、白山を間近に望んだのだと判断したのではなかっただろうか。つまり、編纂者はこの歌群を、越前からの帰京ではなく、越後からの帰京の途次の歌と判断し、それは越前からの帰京より後年のことであるから、家集の後半部に置くのがふさわしいと判断したのではなかったか(7)。

言うまでもなく、紫式部の越後下向などという事実はなかったであろうし、式部は越前から遠望した白山を思い浮かべて八一番歌を詠んだのであろう(8)。しかし、そのような事情を知らない編纂者であれば、右のように推測するのがむしろ自然ではないかとさえ思われる。八〇番歌以下の三首（あるいは二首）が家集の後半部に収められていることに積極的な意味を見出そうとするならば、このような推測も可能なのではないかと思うのである。

注

（1）紫式部の没年を長和三年（一〇一四）とする立場からの立論。
（2）第三章参照。
（3）工藤重矩「紫式部集注釈不審の条々—宣孝関係とされる歌—」（『福岡教育大学紀要』第五十二号　平成15年2月）
（4）私は芥川龍之介の小説「手巾」の、にこやかに息子の死を報告する婦人（しかし彼女の手はテーブルの下で、ハンカチを握りしめて震えている）を想起する。
（5）河内山清彦『紫式部集・紫式部日記の研究』
（6）そのうち二四番歌は、実際は帰京時の歌と見られるが、編纂者は越前滞在時の歌群の前に位置せしめた二〇〜二四番歌を全て下向時の歌と判断していたのであろう。第四章「紫式部の越前往還」参照。
（7）『今鏡』「むかしものがたり」第九において、為時の越前守任官にまつわるエピソードの冒頭、為時を「越後守」としているのは、極官をもって紹介したものであるが、為時が越前守のあと越後守となったことがよく知られていた証左といえよう。
（8）雪に覆われた歌枕白山を実見するために、式部がわざわざ国府からの小旅行を企てたとの想像は、国司館に籠りきりで北国の雪を厭う姫君という、『紫式部集』から我々が受ける印象を快く打ち砕く。余談ながら、そのような彼女であれば、「唐人見に行かむ」（二八番歌詞書）と近親者（父為時か）に誘われれば、嬉々として従ったことであろう。漢文学の本場中国から来た人々の姿をその目で見たいという願望が、彼女に越前下向を決意せた要因の一つであったとすら想像できるのではなかろうか。

第十章　『紫式部集』に見る紫式部の前半生

本書にて提案した『紫式部集』本文についてのいくつかの新解釈に従うならば、従来の解釈によって組み立てられている紫式部伝に、いささかの修正を加えざるをえない。この章では式部の前半生について、ほぼ本書にとりあげた事例に限って、年表風に記述してみたい。なお、『紫式部集』の歌番号は実践女子大学本による。

永祚二年（九九〇）**十月十日**

「童友達」が遠国への下向を前に、暇乞いのため式部邸に来訪し、月が沈むころ辞去した。一番歌はその折の歌。詳細については第一章を参照されたい。なお、この年は十一月七日に永祚から正暦へと改元された。

永祚二年（九九〇）**十月十一日**（立冬）

この日未明、虫の声を聞きつつ二番歌を詠む。第一章参照。

年代不詳

式部若年のころ、二人の男性から求愛される。二九、三〇、三一番歌はその折の式部の返歌。これらを藤原宣孝への歌とする通説には従えない。第二章参照。

長徳二年（九九六）**春**

九州肥前に下向する親友に一五番歌を贈る。親友は下向途中、摂津国の海岸から一六、一七番歌を返す。第三章参照。

長徳二年（九九六）**夏**

越前守として赴任した父為時の後を追って越前国へ下向。大津より舟で琵琶湖西岸をたどり、三尾が崎で漁民が網を引くのを見て二〇番歌を詠む。「磯の浜」（普通名詞）で鶴（鶴以外の鳥である可能性あり）の鳴くのを聞き二一番歌を詠む。湖上にて夕立に遭い二二番歌を詠む。塩津に上陸。塩津山を越える山道で「賤の男」の言葉に触発されて二三番歌を詠む。第四章参照。

長徳二年（九九六）**秋ごろ**

肥前国より手紙をよこした親友へ、越前国から一八番歌を返す。その歌への返歌（一九番歌）は翌年届けられた。第三章参照。なお、長徳三年春帰京との私見（第四章）によるならば、式部が一九番歌を受け取ったのは、京の自邸においてであったかもしれない。

長徳二年（九九六）**冬から翌年早春**

越前国の国府（武生）にて二五、二七、二八番歌を詠む。二八番歌は藤原宣孝の求婚に対する返歌とするのが通説だが、従えない。国府での身近な人物（父為時か）への歌であろう。第二章参照。

長徳三年（九九七）春

越前国より帰京。帰山（鹿蒜山）を越える道中、呼坂という所で猿の群れを見て八〇番歌を詠む。琵琶湖東岸を南下し、伊吹山の残雪を望見して八一番歌を詠む。奥津島の近くで「わらはべの浦」を望んで二四番歌を詠む。大津より都への道中、八二番歌を詠むか。第四章参照。

長徳四年（九九八）正月十日ごろ

交際中の藤原宣孝が私信を他人に見せたことを知り、激怒。全ての返還を求める。三二番歌から三五番歌までは、その折の贈答。第五章参照。

長徳四年（九九八）晩春あるいは初夏

藤原宣孝と結婚。八三、八四、（八五）番歌は新婚早々の贈答。第六章参照。

某年末

夫宣孝の不実を怒り、門前払いする。四九、五〇番歌はその折の贈答。翌年正月、宣孝からの消息に対し、五一番歌を返す。この三首を喪中における求婚者とのやりとりとする通説には従えない。第八章参照。

長保元年（九九九）**ごろ**

賢子出生。四四、四五番歌は、詠作年代不明であるが、子供の養育に心を砕いているころの、身近な人物との贈答と解される。第七章参照。

長保三年（一〇〇一）**四月二十五日**

夫宣孝に死別。

長保四年（一〇〇二）**春**

知人より弔問の歌が届けられ、返歌する。四〇、四一番歌はその折の贈答歌。第九章参照。

寛弘三年（一〇〇六）**十二月二十九日**

中宮彰子のもとに出仕。寛弘二年説もあるが、萩谷朴氏、加納重文氏、上原作和氏等による寛弘三年説に妥当性が認められよう。なお、寛弘二年十二月には、一条天皇と中宮彰子は、藤原道長の土御門第に滞在しており（内裏焼亡のため）、そこは里内裏とはいっても式部にとっては雇用主の私邸であるから、「はじめて内《う》裏《ち》わたりを見るにも……」という五六番歌詞書にはそぐわない印象である。

以上、初出仕に至る式部の前半生を、本書に取り上げた事例を中心に、私見にもとづいて年表風に記述した。

第十一章『紫式部集』の生成

一

南波浩氏の伝本研究によって、『紫式部集』には古本系と定家本系との主要な二系統の伝本が存在すること、前者の最善本は陽明文庫本であり、後者のそれは実践女子大学本であることが明らかにされた。(1) この南波氏の研究によって、『紫式部集』研究のための共通の基盤が整備されたのであり、諸氏によるその後の活発な本文研究は、古本系を増補改変することによって定家本系が成立したことをほぼ明らかにしたと言ってよかろう。(2) 本章では、これら先学の驥尾に付して、この両系統について、いささかの私見を述べることとする。以下、陽明文庫本（略称「陽明本」）をもって古本系統の、実践女子大学本（略称「実践本」）をもって定家本系統の代表として記述を進める。

両系統を比較して、大きな相違点として指摘することができるのは次の三点である。第一点は、陽明本においては巻末部に「日記歌」として一括されている『紫式部日記』所収歌一六首のうち一二首までが、実践本では巻末ではなく歌集内部に配列されているという相違点である。これらは本来の『紫式部集』には存在せず、古本系では巻末にまとめて増補された日記の歌を、歌集内のしかるべき位置に補入したのが定家本系であるという通説に問題はないであろう。

大きな相違点の第二は、紫式部の初出仕に始まる歌群の位置、第三は、小少将の君追悼歌群の位置にかかわる。以下これら第二、第三の相違点について、検討を加えることにしたい。

二

両系統間の大きな相違点のひとつとして、次の歌群の位置の相違をあげることができる（本文、歌番号は実践本による）。

　はじめてうちわたりを見るにも、もののあはれなれば
身の憂さは心のうちに慕ひきていま九重ぞ思ひ乱るる　（五六）
　まだいとうひうひしきさまにて古里に帰りてのち、ほのかにかたらひける人に
とぢたりし岩間の氷うちとけばをだえの水も影見えじやは　（五七）
　返し
みやまべの花吹きまがふ谷風に結びし水もとけざらめやは　（五八）
　正月十日のほどに、春の歌奉れとありければ、まだいでたちもせぬ隠れ家にて
み吉野は春のけしきに霞めどもむすぼほれたる雪の下草　（五九）

これらが寛弘三年（一〇〇六）十二月二十九日における、中宮彰子のもとへの式部の初出仕から、その翌年正月十日の献歌に至る一連の詠歌であろうことについては、先学によっても繰り返し言及されている。なお、初出仕を寛弘二年とする説もある（第十章参照）。

ところで、これらは定家本系においては、歌集のほぼ半ばあたりに配置されている。すなわち、ほぼ年代順に配列されてきた式部の前半生における詠作が、「若竹の生いゆく末を祈るかなこの世をうしといとふものから」（五三）という、幼な子の無事成長を祈る歌でしめくくられ、続いて「数ならぬ心に身をばまかせねど身にしたがふは心なりけり」（五四）、「心だにいかなる身にかかなふらむ思ひしれども思ひしられず」（五五）という、不如意な人生に順応する自らの内面を観照した独詠歌が置かれた後に、この歌群は配置されているのである。そしてこの歌群のあと、前半部ではついぞ目にしなかった出仕後の詠作が次々とあらわれるのを見ると、初出仕の折の歌群がここに置かれている定家本系の配列は、年代順の配列という観点から見る限りにおいては、順当なものと判断されるのである。

一方、古本系においては、この歌群は「心だにいかなる身にかかなふらむ……」（実践本五五　陽明本五六）の直後にではなく、下って「多かりし豊の宮人さしわきてしるきひかげをあはれとぞ見し」（陽明本九〇）のあとに配置されているのである。陽明本五七番歌から九〇番歌の間には、出仕後の歌が多く含まれているから、年代順の配列という前提のもとに見れば、古本系におけるこの歌群の位置は、初出仕の歌群にふさわしい位置であるとは言えないのである。

では、この歌群に関しては、定家本系の配列が『紫式部集』本来の配列であり、古本系のそれは錯簡等の理由によって乱れた配列であると言っていいのであろうか。一見、そのように考えるのが合理的であるかのようにも思われる。しかし逆に、古本系の配列こそが『紫式部集』本来のものに近く、定家本系の配列は、詠作年代順の配列という前提に合わせて、後に改められた可能性もあるのではなかろうか。

同様のことが、両系統間のいまひとつの大きな相違点である、小少将の君追悼歌群の位置に関しても言えるのではないだろうか。実践本末尾に置かれているその歌群を引用しよう。

小少将の君の書きたまへりしうちとけ文の、ものの中
なるを見つけて、加賀少納言のもとに

くれぬまの身をば思はで人の世のあはれを知るぞかつは悲しき　(一二四)

たれか世にながらへて見む書きとめしあとは消えせぬ形見なれども　(一二五)

返し

なき人をしのぶることもいつまでぞ今日のあはれは明日の我が身を　(一二六)

よく知られているように、小少将の君は中宮彰子の上臈女房で、紫式部とは特に親しく、『紫式部日記』や『紫式部集』にたびたびその名が見える。その没年は不明。しまい込んでいた彼女の手紙を見出した式部は、加賀少納言（素性不明）に、小少将の君を追悼する二首を送り、少納言はそれに返歌したのである。返歌はもともと一首であったのか、それとも二首あったうちの一首のみが書き残されたのかはわからない。

さて、実践本の末尾を飾るこの三首であるが、陽明本ではこれらは歌集全体のほぼ中ほどに配されている。陽明本の歌番号では六四番以下の三首がこれにあたるのである。なお、陽明本をはじめ古本系の諸本では、この歌群冒頭の詞書に「新少将のかきたまへりし……」とあって、「小少将」とする定家本系とは異なっている点に注意しておきたい。

岡一男氏の『源氏物語の基礎的研究』（昭和29年）に、「この集（紫式部集―徳原注）が幼年時代の「友」へ与へた歌に始まり、我々に知られる彼女の晩年の「友」の死への弔歌に終つてゐて、その首尾が整つてゐるところをみると、これは作者が集めたものであると思ふ」（一七七頁）とあるのをはじめ、この歌群が末尾に存在するのが『紫式部集』本来の形であるという前提のもとに、同集の成立や式部の晩年について論じられることが多かった。しかし、この歌群が歌集の中ほどに存在する古本系統は本来の形を伝えていないのかといえば、その根拠はない。まさに歌集の首尾を整えるために、本来歌集の中ほどに存在したこの歌群を末尾に据え直すという改変を加えたのが定家本系統であったとも考えることができるからである。また後で述べるように、定家本系の祖本にはこの歌群がなく、他本の本文が巻末に増補されたという推測も可能であろう。なお、先に記したように、古本系によれば、この歌群は「新少将」という素性不明の人物のための追悼歌とされているのであるが、定家本においては、それをなじみ深い「小少将」に改変したのではないかと疑えないものでもない。「新少将」は「小少将」の誤りと断ずるに足る根拠はないのである(3)。

以上とりあげた二歌群の位置については、古本系と定家本系と、いずれが本来の形を保っているのであろうか。定家本系の配列が、歌集の構成上、整った形であるかのように考えられてきたのであるが、それが本来の形なのか、それとも後世のさかしらな改変の結果なのか、決定するに足る根拠はない。むしろ、定家本系には日記歌の挿入という改変のあとが見られるという通説を敷衍するならば、これら歌群の配列についても、改変の結果とみなされないものでもない。古本系におけるこれら歌群の配列の意味はよく理解しがたいのであるが、そうであるからこそかえって、後世の作為が加わっていない、オリジナルに近い形ではないかと考える余地があるだろう。

次節では、古本系の歌配列に、『紫式部集』成立当初の姿が色濃く残存しているのではないかとの仮説のもとに、古本系の生成について、いささか推測を加えてみたい。

三

古本系を代表する伝本とされる陽明本を、定家系の最善本たる実践本と比較すると、五一首目までの歌の配列は一致しているのであるが、そのあとに陽明本は、実践本にない次の本文を持っている。原本通りの本文と字配りで引用する。

さしあはせて物思はしけなりときく人をひと
につたへてとふらひける　本にやれてかたなしと
（一行分空白）
八重やまふきをおりてある所にたてまつれたる
にひとへの花のちりのこれるをゝこせ給へり
おりからをひとへにめつる花の色はうすきをみつゝうすきともみす　（五二）

「さしあはせて」云々の詞書を受けて歌が存在したはずだが、それはすでに親本以前に失われていたことが、「本にやれてかた（「うた」の誤りであろう）なしと」という注記と、一首分の空白によって示されている。この失われた一首を以下〈補一〉として示す。陽明本五二番歌は実践本には存在せず、陽明本五三番歌が実践本五二番歌に相当する。

陽明本五七番歌は次の通りである。

やよひはかりに宮の弁のおもといつかまいり給
なとかきて
憂ことを思みたれて青柳のいとひさしくもなりにけるかな　（五七）
返し　歌本になし

「歌本になし」との注記は、「返し」とありながら、それに相当する歌が親本に書かれていなかったことを示しているが、実践本には「うきことを……」（実践本六〇）の返歌として「つれづれとながめふる日は青柳のいとどうき世にみだれてぞふる」（実践本六一）が存在する。古本系にも本来存在したであろうこの返歌を、以下〈補二〉として示す。

陽明本六二番歌は次の通りである。

ひさしくをとつれぬ人をおもひいてたるおり
わするゝはうき世のつねとおもふにもみをやるかたのなきそわひぬる　（六二）
返し　やれてなし
たか里もとひもやくると時鳥心のかきりまちそわひにし　（六三）

「やれてなし」との注記は、六二番歌に続いて「返し」との詞書があるにもかかわらず、返歌は親本以前の段階で破損のため失われたことを言っている。そこでこの失われた返歌を、以下〈補三〉として示す。なお、続く六三番歌の詞書も、同時に失われたとおぼしい。ところで、この二首を実践本は次のような形で収めている。原本通りの本文と字配りにて引用する。

ひさしくをとつれぬ人をおもひいて
たるをり
わするゝはうき世のつねとおもふにも
身をやるかたのなきそわひぬる　（七八）

（四行分空白）

返し

たかさともとひもやくるとほとゝきす
こゝろのかきりまちそわひにし　（七九）

これによれば、「わするゝは……」（七八）に返歌はもともと存在せず、続いて二行程度の詞書と歌一首（二行分）が存在したが現存せず、失われた歌に対する返歌が七九番歌であるということになるのであろう。すなわち、「わするゝは…」と「たかさとも…」の間にあって失われた一首〈補三〉について、陽明本はそれを「わするゝは…」への返歌とし、実践本はそれへの返歌が「たかさとも…」であったとしているのであるが、いずれが事実に近いのかは不明と言わざるをえない。ちなみに、「わするゝは…」は『千載集』に、「たかさとも…」は『新古今集』に収められているが、いずれも「題しらず」である。

以上、陽明本の検討を通じて、古本系に本来存在し、その後失われたとおぼしい三首（五一のあと〈補一〉、五七のあと〈補二〉、六二のあと〈補三〉）を指摘した。なお、通説では一七番歌のあとに、一首の脱落が想定されているが、本書第三章で述べたように、ここに脱落を想定したのは編纂者であり、本来歌はなかったであろう。

四

陽明本一一〇番歌以下を、原本通りの本文と字配りにて引用する。

　すまひ御覧するひうちわたりにて
たつきなきたひのそらなるすまひをはあめもよにとふ人もあらしな　（一一〇）
　返し
いとむ人あまたきこゆるもゝしきのすまひうしとは思しるやは　（一一一）
　雨ふりてその日こえむはとまりにけりあいなの
　おほやけことゝもや
　（一行分空白）
　はつ雪ふりたる夕くれに人の
恋しくてありふる程のはつ雪はきえぬるかとそうたかはれける　（一一二）
　返し
ふれはかくうさのみまさる世をしらてあれたる庭につもるはつ雪　（一一三）
いつくとも身をやるかたのしられねはうしとみつゝもなからふる哉　（一一四）
　（二行分空白）
日記歌

三十講の五巻五月五日なり（以下略）

一一〇番と一一一番とは贈答歌であり、その後に「雨ふりてその日こえむはとまりにけりあいなのおほやけことゝもや」との左注が付されているのであるが、続く一行分の空白は何を意味しているのであろうか。

陽明本には本文空白部がこれ以外に二か所見出されるのであるが、そのひとつは前節で取り上げた、〈補一〉にかかわる空白部である。破損にて失われた一首の位置を示していることは間違いないところだが、将来、他本との校合によってその一首が判明した場合には、そこに書き入れることができるようにとの配慮とも考えられる。ただし〈補二〉〈補三〉には空白部が存在しない。転写が繰り返されるうちに、空白部の意味が見失われるなどさまざまな理由で、詰めて筆写されてしまったのかもしれない。もう一つの空白部は、右引用部分に見える、一一四番歌と「日記歌」との間にある二行分の空白である。「日記歌」を歌集本体と区別するために置かれた空白であることは容易に推察できよう。

では、一一一番歌左注に続く一行分の空白は何であろうか。一一〇番歌と一一一番歌との贈答はすでに完結しており、次の一一二番歌は新たな贈答の始まりであって、この空白部に一首の脱落を想定すべき理由はない。従って、この空白部は本文の脱落を表示するものではなく、すぐ後の二行分の空白同様、何らかの区切りを表しているのではないかと推測されるのである。

「日記歌」として巻末に一括されている一七首（ただし、そのうち最後の一首は『紫式部日記』の歌ではない）は、明らかに歌集成立後の増補であり、古本系統であってもこれを持たない伝本も存在する。したがって陽明本一一四番歌が、「日記歌」増補以前の古本系統の巻末歌であったことは明らかであるが、歌集が一旦成立した後、巻末に他資料から歌が増補されるのはごくありふれた現象であるから、「日記歌」が増補される以前の段階においても、巻末に増補が加えられていたと考える余地があろう。古本系統の本来の巻末歌は一一一番歌であり、一一二番歌以下の三首は成立後の増補であって、一行分の空白は、増補の際に置かれた空白部のなごりとは考えられないだろうか。

巻末の増補に関しては、実践本との比較によって、より詳しい情報がえられるように思う。陽明本の一一〇番歌に相当するのは実践本一二〇番歌である。以下実践本を、原本通りの本文と字配りで引用しよう。

　　すまひ御らんする日内にて
たつきなきたひのそらなるすまゐをは
あめもよにとふ人もあらしな　（一二〇）
　返し
いとむ人あまたきこゆるもゝしきの
すまゐうしとはおもひしるやは　（一二一）
　　あめふりてその日は御らんとゝまりに
　　けりあいなのおほやけことゝもや
はつゆきふりたる夕くれに人の
こひわひてありふるほとのはつつきは
きえぬるかとそうたかはれける　（一二二）
　返し
ふれはかくうさのみまさる世をしらて

あれたるにはにつもるはつゆき
こせうしやうのきみのかきたまへりし　　　　　　　　　　　　　　（一二三）
うちとけふみのものゝ中なるを見つ
けてかゞせうなこんのもとに
（以下一二四〜一二六の三首をもって実践本は終わる）

これを陽明本と比較して、すぐに目につく相違点は、陽明本一一一番歌左注のあとの空白部が実践本一二一番歌左注のあとにはないこと、陽明本一一四番歌「いつくとも…」が実践本にはないこと、そのかわりに実践本には小少将の君追悼歌群が巻末に置かれていることの三点である。

「いづくとも…」の一首が陽明本に存在し、実践本に存在しないことについては、次のように説明できるであろう。相撲にかかわる贈答歌と左注で終わっていた原『紫式部集』に、後に初雪の夕暮の贈答歌が増補され、さらにその後、『千載集』から「いつくとも…」が増補されたのが古本系である（陽明本等は、さらにその後に「日記歌」が増補された）。定家本系は、最後に「いつくとも…」が増補されてない本を祖本としたために、この歌が存在しない。なお、このように考えるならば、定家本系は、初雪の夕暮の贈答歌で終わっていた祖本の巻末に小少将の君追悼歌群を付け加えたものと解さざるをえないだろう。すると、定家本系の祖本にはこの歌群が存在せず、他本（古本系）にあった小少将（新少将）の君追悼歌群を巻末に増補したというのがひとつの考え方として浮かび上がってくる。もちろん前節に述べたように、祖本では歌集の中ほどにあったこの歌群を、歌集の首尾を整えるために巻末に移したという考え方も否定できない。

陽明本にある一行分の空白が実践本に存在しないのは、初雪の夕暮の贈答歌を巻末増補であるとする推測にとっては都合の悪い事実であるが、かといって陽明本の空白部について、増補説にかわる説得力のある説明はなしがたい。転写の際に空白部は不要と判断されて詰めて書写されてしまったか、あるいは、たまたま空白部が帖表から帖裏への移り目にきてしまったために空白部が見失われた、といった事情が介在するものと考えておきたい。もちろんそれは、定家書写本以前の段階での損傷であって、定家自筆本（正確には定家監督書写本）から実践本までの書承は厳密になされているようである。

結び

古本系の最善本とされる陽明本は全一三一首より成るが、そのうち冒頭から一一一首目までが、最初に成立した、原『紫式部集』とでもいうべき本体である。後に、これに初雪の夕暮の贈答歌（一一二、一一三）が増補され、さらに「いつくとも…」（一一四）が『千載集』より増補されて古本系が成立した。そのあとに「日記歌」一六首（一一五〜一三〇）が増補され、最後に巻末に『後拾遺集』から「よのなかをなになけかまし山桜花みる程のこゝろなりせは」（一三一）が増補されたのが陽明本等である。古本系『紫式部集』の成長の過程は、右のようなものであったと考えられる。定家本系は「いつくとも…」が増補されていない本を祖本とし、他本の歌や『紫式部日記』所収歌を増補したり、歌の配列に手を加えるなどの改訂を施したものであろう。

さて、陽明本一一一番歌までの本体であるが、先にのべたように、三首の脱落が想定され、本来は一一四首であったと推測される。そのうち〈補一〉と〈補三〉は、どのような歌であったか不明であるが、〈補二〉は定家本系によって「つれづれと…」（実践本六一）であったことが知られるのである。

以上、推測に推測を重ねる結果となってしまったが、巻末増補という観点から、『紫式部集』の生成について素描してみた。

注

（1）南波浩『紫式部集の研究　校異篇伝本研究篇』（昭和47年9月）
（2）管野美恵子「紫式部集の成立―その構造に関する考察を中心として―」（『同志社国文学』第九号　昭和49年2月）、上田記子「紫式部集と紫式部日記―成立から見た関係―」（『同志社国文学』第十一号　昭和51年2月）、久保木寿子「紫式部集の増補について（上）（下）」（『国文学研究』第六十一・六十二号　昭和52年3月、6月）、林マリヤ「紫式部集の一・二類本をめぐる考察」（『国文』第四十四号　昭和50年12月）、河内山清彦『紫式部集・紫式部日記の研究』（昭和55年2月）など。
（3）一二五・一二六番歌（実践本歌番号）を贈答歌として収める『新古今集』は、その詞書に「上東門院の小少将みまかりてのち」云々としているが（『新古今集』八一七番歌詞書）、これは定家本系の『紫式部集』に依拠したものであろうから、古本系の「新少将」を否定する根拠とはならない。なお、一二四番歌も『新古今集』に収められているのであるが（八五六番歌）、詞書には「うせにける人の文の、物の中なりけるを見出でて、そのゆかりなりける人のもとにつかはしける」とあって、「小少将」「加賀少納言」の名が記されていないのは不審がのこる。

翻刻　実践女子大学図書館所蔵『むらさき式部集』

一、実践女子大学図書館所蔵『むらさき式部集』（常磐松文庫　六七三五四）を忠実に翻刻した。

一、改行、改頁も原本の通りである。

一、歌番号を付記した。また、必要に応じて下端に注記を加えた。

一、翻刻掲載を許可して下さった実践女子大学図書館各位に、衷心より感謝申し上げる。

はやうよりわらはともたちなりし人
にとしころへてゆきあひたるか
ほのかにて十月十日のほと月に
きおひてかへりにけれは
めくりあひて見しやそれともわかぬまに
くもかくれにし夜はの月かけ

（二）

その人とをきところへいくなりけり
あきのはつる日きたるあかつきむし
のこゑあはれなり

一行分空白

1オ

1ウ

なきよはるまかきのむしもとめかたき
あきのわかれやかなしかるらむ　（二）
さうのことしはしとかひたりける人
まいりて御てよりえむとある返事に
つゆしけきよもきか中のむしのねを
おほろけにてや人のたつねん　（三）
かたゝかへにわたりたる人のなまおほ
〳〵しきことありとてかへりにける
つとめてあさかほの花をやるとて
おほつかなそれかあらぬかあけくれの

「かひたりける」原文のママ

そらおほれするあさかほの花　(四)

返し　てをみわかぬにやありけん

「返し」のあと一字分アキ

いつれそといろわくほとにあさかほの

あるかなきかになるそわひしき　(五)

つくしへゆく人のむすめの

にしのうみをおもひやりつゝ月みれは

たゝになかるゝころにもあるかな　(六)

返し

にしへゆく月のたよりにたまつさの

かきたえめやはくものかよひち　(七)

2オ

2ウ

はるかなるところにゆきやせんゆかす
やとおもひわつらふ人のやまさとより
もみちをおりてをこせたる

つゆふかくをく山さとのもみちはに
かよへるそてのいろをみせはや　（八）

かへし

あらしふくとを山さとのもみちはゝ
つゆもとまらんことのかたさよ　（九）

又その人の

もみちはをさそふあらしはゝやけれと

このしたならてゆくこゝろかは　（一〇）

ものおもひわつらふ人のうれへたる
返ことにしも月はかり

しもこほりとちたるころのみつくきは
えもかきやらぬこゝちのみして　（一一）

返し

ゆかすともなをかきつめよしもこほり
みつのうへにておもひなかさん　（一二）

かもにまうてたるにほとゝきすなか
なんといふあけほのにかたをかのこすゑ

3オ

おかしく見えけり

ほとゝきすこゑまつほとはかたをかの
もりのしつくにたちやぬれまし　(一三)

やよひのついたちかはらにいてたるに
かたはらなるくるまにほうしのかみを
かうふりにてはかせたちをるをにく
みて

はらへとのかみのかさりのみてくらに
うたてもまかふみゝはさみかな　(一四)

あねなりし人なくなり又人のおとゝ

3ウ

うしなひたるかかたみにゆきあひて
なきかゝはりにおもひかはさんといひけり
ふみのうへにあねきみとかき中の君
とかきかよはしけるかをのかしゝとをき
ところへゆきわかるゝによそなからわかれ
おしみて
きたへゆくかりのつはさにことつてよ
くものうはかきかきたえすして　（一五）
返しはにしのうみの人なり
ゆきめくりたれもみやこにかへる山

4オ

いつはたときくほとのはるけさ　（一六）

つのくにといふ所よりをこせたりける

なにはかたむれたるとりのもろともに

たちゐるものとおもはましかは　（一七）

かへし

二行分空白

つくしにひせんといふところよりふみ

をこせたるをいとはるかなるところにて

見けりその返ことに

4ウ

あひ見むとおもふこゝろはまつらなる
かゝみのかみやそらにみるらむ　（一八）
かへし　又のとしもてきたり
ゆきめくりあふをまつらのかゝみには
たれをかけつゝいのるとかしる　（一九）
あふみのみつうみにてみをかさきと
いふところにあみひくを見て
みをのうみにあみ引たみのてまもなく
たちゐにつけてみやこゝひしも　（二〇）
又いそのはまにつるのこゑ〳〵なくを

「かへし」のあと一字分アキ

5オ

いそかくれおなしこゝろにたつそなく

なにおもひいつる人やたれそも　（二）

夕たちしぬへしとてそらのくもり

てひらめくに

かきくもりゆふたつなみのあらけれは

うきたる舟そしつこゝろなき　（三）

しほつ山といふみちのいとしけきを

しつのおのあやしきさまともして

なをからきみちなりやといふをきゝて

しりぬらむゆきゝにならすしほつ山

5ウ

世にふるみちはからきものそと　（二三）

水うみにおいつしまといふすさきに
むかひてわらはへのうらといふいりうみの
おかしきをくちすさひに
おいつしま〳〵もるかみやいさむらん
なみもさはかぬわらはへのうら　（二四）

こよみにはつゆきふるとかきたる日
めにちかき火のたけといふ山のゆき
いとふかう見やらるれは
こゝにかくひのゝすきむらうつむゆき

6オ

をしほの松にけふやまかへる　（二五）

かへし

をしほやままつのうは葉にけふやさは
みねのうすゆき花と見ゆらん　（二六）

ふりつみていとむつかしきゆきを
かきすてゝ山のやうにしなしたるに
人〳〵のほりてなをこれいてゝみた
まへといへは

ふるさとにかへるやまちのそれならは
こゝろやゆくとゆきもみてまし　（二七）

6ウ

としかへりてからひと見にゆかむと
いひける人のはるはとくゝるものといか
てしらせたてまつらむといひたるに
春なれとしらねのみゆきいやつもり
とくへきほとのいつとなきかな　（三八）
あふみのかみのむすめけさうすと
きく人のふたこゝろなしなとつねに
いひわたりけれはうるさくて
水うみのともよふちとりことならは
やそのみなとにこゑたえなせそ　（三九）

7オ

うたゐにあまのしほやくかたをかき
てこりつみたるなけきのもとにかきて
かへしやる
よものうみにしほやくあまの心から
やくとはかゝるなけきをやつむ　（三〇）
ふみのうへにしゆといふ物をつふ〳〵
とそゝきかけてなみたのいろなと
かきたる人のかへりことに
くれなゐのなみたそいとゝうとまるゝ
うつるこゝろのいろに見ゆれは　（三一）

もとより人のむすめをえたる人
なりけり
ふみちらしけりとき丶てありし文
ともとりあつめてをこせすは返
事か丶しとことはにてのみいひや
りけれはみなをこすとていみしく
ゑんしたりけれはむ月十日はかりの
ことなりけり
とちたりしうへのうすらひとけなから
さはたえねとや山のした水　（三二）

8オ

すかされていとくらうなりたるに
をこせたる
こち風にとくるはかりをそこ見ゆる
いしまの水はたえはたえなん　(三三)
いまはもののもきこえしとはらたち
たれはわらひてかへし
いひたえはさこそはたえめなにかその
みはらのいけをつゝみしもせん　(三四)
夜中はかりに又
たけからぬ人かすなみはわきかへり

みはらのいけにたてとかひなし　（三五）

さくらをかめにさしてみるにとり
もあへすちりけれはもゝの花を
見やりて

おりてみはちかまさりせよもゝの花
おもひくまなきさくらおしまし　（三六）

返し人

もゝといふ名もあるものをときのまに
ちるさくらにもおもひおとさし　（三七）

花のちるころなしのはなといふも桜

9オ

もゆふくれの風のさはきにいつれと
見えぬいろなるを

花といはゝいつれかにほひなしとみむ
ちりかふいろのことならなくに
（三八）

とをきところへゆきにし人のなくな
りにけるをおやはらからなとかへり
きてかなしきことといひたるに

いつかたのくもちときかはたつねまし
つらはなれけんかりかゆくゑを
（三九）

こそよりうすにひなる人に女院かく

かくれさせたまへるはるいたうかすみ
たる夕くれに人のさしをかせたる
くものうへも物おもふはるはすみそめに
かすむそらさへあはれなるかな　（四〇）
返し
なにかこのほとなきそてをぬらすらん
かすみのころもなへてきる世に　（四一）
なくなりし人のむすめのおやの
てかきつけたりけるものを見て
いひたりし

10オ

ゆふきりにみしまかくれしをしのこの
あとをみる〳〵まとはるゝかな　（四二）

おなし人あれたるやとのさくらの
おもしろきこととておりてをこせ
たるに

ちるはなをなけきし人はこのもとの
さひしきことやかねてしりけむ　（四三）

おもひたえせぬとなき人のいひける
ことを思ひいてたるなり

ゐにものゝけつきたる女の見にくき

10ウ

かたかきたるうしろにおにゝなりたる
もとのめをこほうしのしはりたるかた
かきておとこはきやうよみてものゝ
けせめたるところを見て
なき人にかことはかけてわつらふも
をのかこゝろのおにゝやはあらぬ　（四四）
返し
ことはりやきみかこゝろのやみなれは
おにのかけとはしるくみゆらむ　（四五）
ゑにむめの花見るとて女つまとをし

11ウ

あけて二三人ゐたるにみな人〳〵
ねたるけしきかいたるにいとさた
すきたるおもとのつらつゑついてなか
めたるかたあるところ

春の夜のやみのまとひにいろならぬ
こゝろにはなのかをそしめつる　（四六）

おなしゑにさかのにはな見る女くる
まありなれたるわらはのはきの花に
たちよりておりたるところ

さをしかのしかならはせるはきなれや

たちよるからにをのれおれふす　（四七）
世のはかなきことをなけくころみち
のくに名あるところ〳〵かいたるをみ
てしほかま
みし人のけふりとなりしゆふへより
なそむつましきしほかまのうら　（四八）
かとたゝきわつらひてかへりにける
人のつとめて
世とゝもにあらき風ふくにしのうみも
いそへになみはよせすとや見し　（四九）

とうらみたりけるかへりこと

かへりてはおもひしりぬやいはかとに

うきてよりけるきしのあたなみ　（五〇）

としかへりてかとはあきぬやといひ

たるに

たかさとの春のたよりにうくひすの

かすみにとつるやとをとふらむ　（五一）

世中のさはかしきころあさかほ

を人のもとへやるとて

きえぬまの身をもしる〳〵あさかほの

12ウ

つゆとあらそふ世をなけくかな　（五二）

世をつねなしなとおもふ人のおさな
き人のなやみけるにからたけといふ
ものかめにさしたる女はらのいのり
けるをみて

わか竹のおいゆくするゑをいのるかな
この世をうしといとふものから　（五三）

身をおもはすなりとなけくことの
やうく\なのめにひたふるのさま
なるをおもひける

13オ

かすならぬこゝろに身をはまかせねと
身にしたかふは心なりけり　(五四)
こゝろたにいかなる身にかゝなふらむ
おもひしれともおもひしられす　(五五)
はしめてうちわたりをみるにも
ものゝあはれなれは
身のうさはこゝろのうちにしたひきて
いまこゝのへそおもひみたるゝ　(五六)
またいとうゐ〳〵しきさまにてふる
さとにかへりてのちほのかにかたら

ひける人に
とちたりしいはまのこほりうちとけは
をたえの水もかけみえしやは　（五七）
かへし
み山へのはなふきまかふたに風に
むすひし水もとけさらめやは　（五八）
正月十日のほとにはるのうたゝてまつ
れとありけれはまたいてたちも
せぬかくれかにて
みよしのは春のけしきにかすめとも

14オ

むすほゝれたるゆきのした草　（五九）

やよひはかりに宮のべんのおもと　「べん」濁点、本のママ

いつかまいりたまふなとかきて

うきことをおもひみたれてあをやきの

いとひさしくもなりにけるかな　（六〇）

返し

つれ〳〵となかめふる日はあをやきの

いとゝうき世にみたれてそふる　（六一）

かはかり思う《そ》しぬへき身をいといたう

も上すめくかなといひける人を

14ウ

きゝて

わりなしや人こそ人といはさらめ
身つから身をやおもひすつへき　（六二）

くすたまをこすとて

しのひつるねそあらはるゝあやめくさ
いはぬにくちてやみぬへけれは　（六三）

返し

けふはかくひきけるものをあやめくさ
わかみかくれにぬれわたりつる　（六四）

つちみかとゝのにて三十講《かう》の五巻《くはん》五

ふりがな、本のママ

15オ

月五日にあたれりしに

たへなりやけふはさ月のいつかとて
いつゝのまきのあへる御のりも　（六五）

その夜いけのかゝり火にみあかしのひかりあひてひるよりもそこまてさやかなるにさうふのかいまめかしうにほひくれは

かゝり火のかけもさはかぬいけ水に
いくちよすまむのりのひかりそ　（六六）

おほやけことにいひまきらはすをむ

15ウ

かひたまへる人はさしもおもふことものしたまふましきかたちありさま
よはひのほとをいたうこゝろふかけに
おもひみたれて
すめるいけのそこまてゝらすかゝりひの
まはゆきまてもうきわか身かな
やう〳〵あけゆくほとにわたとのに
きてつほねのしたよりいつる水を
かうらんをゝさへてしはし見ゐたれは
そらのけしきはる秋のかすみにも

(六七)

16オ

きりにもおとらぬころほひなり
こせうしやうのすみのかうしをうち
たゝきたれはゝなちてをしおろし
たまへりもろともにおりゐてなかめ
ゐたり
かけ見てもうきわかなみたおちそひて
かことかましきたきのをとかな　(六八)
返し
ひとりゐてなみたくみける水のおもに
うきそはるらんかけやいつれそ　(六九)

16ウ

あかうなれはいりぬ長きねをつゝみて

なへて世のうきになかるゝあやめくさ

けふまてかゝるねはいかゝみる（七〇）

かへし

なにことゝあやめはわかてけふもなを

たもとにあまるねこそたえせね（七一）

うちにくひなのなくを七八日の夕

つく夜にこせうしやうのきみ

あまとのとの月のかよひちさゝねとも

「とのとの」本のママ

いかなるかたにたゝくくひなそ（七二）

17オ

返し

まきの戸もさゝてやすらふ月かけに
なにをあかすとたゝくゝゐなそ　(七三)

夜ふけて戸をたゝきし人つと
めて

夜もすからくひなよりけになく〳〵そ
まきのとくちにたゝきわひつる　(七四)

かへし

たゝならしとはかりたゝくゝひなゆへ
あけてはいかにくやしからまし　(七五)

あさきりのおかしきほとにおまへの
はなともいろ〳〵にみたれたる中に
をみなへしいとさかりなるをとの御らん
してひとえたおらせさせたまひてき
ちやうのかみよりこれたゝにかへすなとて
たまはせたり
をみなへしさかりのいろをみるからに
つゆのわきける身こそしらるれ　（七六）
とかきつけたるをいとゝく
しらつゆはわきてもをかしをみなへし

18オ

こゝろからにやいろのそむらむ

ひさしくをとつれぬ人をおもひいて

たるおり

（七七）

わするゝはうき世のつねとおもふにも

身をやるかたのなきそわひぬる

（七八）

四行分空白

返し

たかさともとひもやくるとほとゝきす
こゝろのかきりまちそわひにし　（七九）
みやこのかたへとてかへる山こえける
によひさかといふなるところのわりなき
かけちにこしもかきわつらふをお
そろしとおもふにさるのこの葉の中
よりいとおほくいてきたれは
ましもなをゝちかた人のこゑかはせ
われこしわふるたこのよひさか　（八〇）
水うみにていふきの山のゆきいと

19オ

しろく見ゆるを

名にたかきこしのしら山ゆきなれて
いふきのたけをなにとこそみね
そとはのとしへたるかまろひたうれつゝ　（八一）
人にふまるゝを
こゝろあてにあなかたしけなこけむせる
ほとけのみかほそとはみえねと　（八二）
人の
けちかくてたれもこゝろは見えにけん
ことはへたてぬちきりともかな　（八三）

19ウ

返し

へたてしとならひしほとになつ衣
うすきこゝろをまつしられぬる（八四）
みねさむみいはまこほれるたに水の
ゆくすゑしもそふかくなるらん（八五）
みやの御うふやいつかの夜月のひか
りさへことにくまなき水のうへのはし
にかむたちめとのよりはしめたて
まつりてゑひみたれのゝしりたまふ
さか月のおりにさしいつ

20オ

めつらしきひかりさしそふさかつきは
もちなからこそ千世をめくらめ　（八六）
又の夜月のくまなきにわか人たち
ふねにのりてあそふを見やるなか
しまの松のねにさしめくるほとおかし
くみゆれは
くもりなくちとせにすめる水のおもに
やとれる月のかけものとけし　（八七）
御いかの夜とのゝうたよめとのたまは
すれは

いかにいかゝかそへやるへきやちとせの
あまりひさしき君か御世をは　　（八八）
　とのゝ御
あしたつのよはひしあらはきみか代の
ちとせのかすもかそへとりてむ　　（八九）
たまさかにかへりことしたりけり人　　「けり」本のママ
のちに又もかゝさりけるにおとこ
おり〳〵にかくとは見えてさゝかにの
いかにおもへはたゆるなるらん　　（九〇）
　返し　九月つこもりになりにけり　　「返し」のあと、一字分アキ

21オ

しもかれのあさちにまかふさゝかにの
いかなるおりにかくとみゆらん　（九一）
なにのおりにか人の返ことに
いるかたはさやかなりける月かけを
うはの空にもまちしよひかな　（九二）
返し
さしてゆく山のはもみなかきくもり
こゝろもそらにきえし月かけ　（九三）
又おなしすち九月々あかき夜
おほかたのあきのあはれを思ひやれ

21ウ

月にこゝろはあくかれぬとも　（九四）

六月はかりなてしこの花をみて

かきほあれさひしさまさるとこ夏に

つゆをきそはん秋まてはみし　（九五）

ものやおもふと人のとひたまへる返事

になか月つこもり

はなすゝき葉わけのつゆやなにゝかく

かれゆく野へにきえとまるらむ　（九六）

わつらふことあるころなりけり

かひぬまのいけといふ所なんあると人

22オ

のあやしきうたかたりするをきゝて
　心みによまむといふ

世にふるになそかひぬまのいけらしと
おもひそしつむそこはしらねと　（九七）
　又心ちよけにいひなさんとて

こゝろゆく水のけしきはけふそみる
こや世にへつるかひぬまのいけ　（九八）
　ぢしうさいしやうの五せちのつほねみや
　のおまへいとけちかきにこうきてんの
　うきやうかひと夜しるきさまにてありし

「ぢしう」濁点、本のママ

22ウ

ことなと人〳〵いひたてゝ日かけをやる
さしまきらはすへきあふきなとそへて
おほかりしとよのみや人さしわきて
しるき日かけをあはれとそみし　（九九）
中将せうしやうと名ある人ゝのおなし
ほそとのにすみて少将のきみをよな
〳〵あひつゝかたらふをきゝてとなり
の中将
みかさ山おなしふもとをさしわきて
かすみにたにのへたてつるかな　（一〇〇）

23オ

23ウ

返し

さしこえていることかたみゝかさ山
かすみふきとく風をこそまて　（一〇一）

こう梅をおりてさとよりまいらすとて

むまれ木のしたにやつるゝむめの花　「むまれ木」本のママ
かをたにちらせくものうへまて　（一〇二）

う月にやへさけるさくらのはなを
内にて

こゝのへにゝほふをみれはさくらかり
かさねてきたるはるのさかりか　（一〇三）

さくらのはなのまつりの日までちり
のこりたるつかひのせうしやうのかさし
にたまふとて葉にかく
神世にはありもやしけん山さくら
けふのかさしにおれるためしは　（一〇四）
む月の三日うちよりいてゝふるさとのたゝ
しはしのほとにこよなうちりつもり
あれまさりにけるをこといみもしあへす
あらためてけふしもゝのゝかなしきは
身のうさや又さまかはりぬる　（一〇五）

五せちのほとまいらぬをくちおしなと
べんさいしやうのきみの〻たまへるに
めつらしときみしおもは〻きて見えむ
すれるころものほとすきぬとも　(一〇六)
かへし
さらはきみやまゐのころもすきぬとも
こひしきほとにきてもみえなん　(一〇七)
人のをこせたる
うちしのひなけきあかせはしの〻めの
ほからかにたにゆめをみぬかな　(一〇八)

「べん」濁点、本のママ

24ウ

七月ついたちころあけほの成けり

返し

しのゝめのそらきりわたりいつしかと
秋のけしきに世はなりにけり　(一〇九)

七日

おほかたにおもへはゆゝしあまの川
けふのあふせはうらやまれけり　(一一〇)

返し

あまの河あふせはよそのくもゐにて
たえぬちきりし世ゝにあせすは　(一一一)

25オ

かとのまへよりわたるとてうちとけたらん

を見むとあるにかきつけて返しやる

なをさりのたよりにとはむひとことに

うちとけてしもみえしとそおもふ　（一二二）

月見るあしたいかにいひたるにか

夜こめをもゆめといひしはたれなれや

秋の月にもいかてかは見し　（一二三）

九月九日きくのわたをうへの御かた

よりたまへるに

きくのつゆわかゆはかりにそてふれて

25ウ

花のあるしに千世はゆつらむ　（一一四）

しくれする日こ少将のきみさとより

くまもなくなかむるそらもかきくらし

いかにしのふるしくれなるらむ　（一一五）

返し

ことはりのしくれのそらはくもまあれと

なかむるそてそかはく世もなき　（一一六）

里にいてゝ大なこんのきみふみたま

へるついてに

うきねせし水のうへのみこひしくて

26オ

かものうはけにさえそおとらぬ　（二一七）

返し

うちはらふともなきころのねさめには
つかひしをしそ夜はに恋しき　（二一八）

又いかなりしにか

なにはかりこゝろつくしになかめねと
みしにくれぬるあきの月かけ　（二一九）

すまひ御らんする日内にて

たつきなきたひのそらなるすまゐをは
あめもよにとふ人もあらしな　（二二〇）

返し
いとむ人あまたきこゆるもゝしきの
すまゐうしとはおもひしるやは　（三二）
　あめふりてその日は御らんとゝまりに
　けりあいなのおほやけことゝもや
　はつゆきふりたる夕くれに人の
こひわひてありふるほとのはつつきは　「つき」本のママ。定家切「ゆき」
きえぬるかとそうたかはれける　（三三）
返し
ふれはかくうさのみまさる世をしらて

27オ

あれたるにはにつもるはつゆき　（一三三）

こせうしやうのきみのかきたまへりし

うちとけふみのもの〻中なるを見つ

けてかゞせうなこんのもとに

「かゞ」濁点、本のママ

くれぬまの身をはおもはて人の世の

あはれをしるそかつはかなしき　（一三四）

たれか世になからへてみむかきとめし

あとはきえせぬかたみなれとも　（一三五）

返し

なき人をしのふることもいつまてそ

27ウ

けふのあはれはあすのわか身を

（一二六）

九行分空白

28
オ

本云
以京極黄門定家卿筆跡本不違
一字至于行賦字賦雙紙勢分
如本令書写之于時延徳二年
十一月十日記之
癲老比丘判
天文廿五年夾鐘上澣書写之

28ウ

あとがき（付・初出一覧）

『紫式部集』に関する著書を刊行しようとは、思ってもみないことであった。かねてから『百人一首』に関心を抱き、その所収歌についてあれこれ考えるうちに、紫式部の歌の詠作事情についての通説に疑問を感じたのが、『紫式部集』に注目するきっかけとなった。この疑問をめぐる考察は、「紫式部集巻頭二首の詠作事情」と題する論文にまとめ、藤岡忠美先生喜寿記念論文集『古代中世和歌文学の研究』（和泉書院刊）に掲載していただいた。その論文に手を加えたのが本書の第一章である。

その後、『紫式部集』についての関心は持続し、この集の本文解釈について、自分なりに考え進めるうちに、この集を紫式部の自撰家集とする従来の定説に疑問を抱くに至った。そこでそのあらましを、平成十六年四月十日、八坂神社常磐新殿にて開催された和歌文学会第八十四回関西例会において、「『紫式部集』自撰説存疑」と題して発表した。その日の、阪急河原町駅から八坂神社へ向う四条通りのにぎわいと神社境内の満開の桜は、今も記憶に鮮明である。『紫式部集論』刊行準備中の山本淳子氏が司会の労をとって下さり、片桐洋一、田中登、久保田孝夫の三先生がご質問下さったのは、有難いことであった。八木意知男先生が設営して下さった会場のすばらしさも手伝ってのこの日の高揚が、『紫式部集』をテーマに本を書いてみようという大それた望みを私に抱かせたのではなかったかと今にして思う。

その後、この口頭発表の内容を敷衍していくつかの小論をまとめ、勤務校の学会誌に発表した。武庫川学院、ならびに武庫川女子大学国文学会各位に感謝する。本書はそれらの論考が中心となっている。次に各章のもととなった論文の初出を示しておきたい。いずれも本書に収めるにあたって、多少の修正を加えた。

第一章　「紫式部集巻頭二首の詠作事情」と題して『古代中世和歌文学の研究』（平成15年2月　和泉書院）に掲載。

第二章　「紫式部集における求婚者たちへの返歌—二十九・三十・三十一番歌をめぐって—」と題して『武庫川国文』第六十六号（平成17年11月）に発表。

第三章　「「西の海の人」からの返歌—『紫式部集』十五番歌からの五首をめぐって—」と題して『武庫川国文』第六十七号（平成18年3月）に発表。

第四章　「紫式部の越前往還」と題して『日本語日本文学論叢』第三号（平成20年3月）に発表。

第五章　「「ふみを散らす」ということ—『紫式部集』三二番歌詞書を糸口として—」と題して『武庫川国文』第六十八号（平成18年10月）に発表。

第六章　「紫式部夫妻の新婚贈答歌」と題して『武庫川国文』第六十五号（平成17年3月）に発表。

第七章　「紫式部集四十五番歌の解釈について—ことわりや君が心の闇なれば—」と題して『武庫川国文』第六十四号（平成16年11月）に発表。

第八章　「「紫式部集」四九番歌は夫宣孝の作—喪中求婚者説の否定—」と題して『武庫川国文』第六十二号（平成15年11月）に発表。

第九章　「『紫式部集』自撰説を疑う」と題して『武庫川国文』第七十号（平成19年11月）に発表。

第十章　書き下ろし

第十一章　書き下ろし

本書出版にあたっては、前著『古今和歌集の遠景』に引き続き、和泉書院にお引き受けいただくことができた。廣橋研三社長とスタッフの皆様に、厚くお礼申し上げる。

平成二十年初秋

徳原茂実

人名索引

本書の第一章から第十一章の中に取り上げた人名を現代仮名遣い五十音順に掲出した。
女性の諱は便宜的に音読した。（例）定子—ていし
貴族男性の諱は全て訓読した。（例）藤原定家—ふじわらのさだいえ
『源氏物語』の作中人物名には※印を付した。
「紫式部」及びその略称「式部」は、本書全体にわたって頻出するので取り上げていない。

あ

葵の上※　134
明石の上※　91,92
赤染衛門　77,80
芥川龍之介　143
飛鳥井栄雅　53
敦成親王　75
在原業平　105

い

石田穣二　25,86
一条院皇后宮→定子
一条（後撰集作者）　109
一条天皇　120,148
和泉式部　77,79,80,81,83,84
伊藤博　2,54,55,60,63,69,74,90,97,100,101,102,108,112,122
稲賀敬二　24,37,40,71
今井源衛　12,14,39,61,62,64,69,88,89,111,124,126

う

上田記子　162
上原作和　148
空蟬※　91,92

お

大君※　93
凡河内躬恒　68
岡一男　2,9,10,12,14,30,31,32,39,54,61,64,69,85,88,96,111,114,122,123,126,133,139,153
小野小町　68
女三宮※　92,93

か

薫※　47
加賀少納言　152,160,162
柏木※　91,92
加納重文　148
管野美恵子　162

き

木船重昭　2,5,35,39,46,54,55,69,85,103,105,107,109,111,114,115,119,121,122
木村正中　102,103,104

清原元輔　22, 25
桐壺更衣※　106
桐壺更衣の母※　106

く

工藤重矩　2, 3, 4, 5, 6, 7, 8, 10, 11, 30, 31, 32, 39, 133, 134, 143
久保木寿子　162

け

賢子（大弐三位）　107, 108, 122, 148
源氏※→光源氏※

こ

河内山清彦　55, 140, 143, 162
小少将の君　150, 152, 153, 160, 162
後藤祥子　2, 9, 15, 24
小町谷照彦　6, 24, 90, 97
小松茂美　25, 53, 55
惟光※　118

さ

斎院の中将　77, 78, 79, 81, 84
斎藤正昭　25
佐藤和喜　24

し

清水好子　2, 3, 4, 5, 6, 9, 11, 28, 29, 30, 31, 34, 37, 38, 39, 42, 54, 62, 63, 64, 69, 89, 90, 94, 100, 101, 104, 112, 119, 123
彰子　120, 140, 148, 151, 152
上東門院→彰子
聖徳太子　65
新少将　152, 153, 160, 162

す

周防内侍　120
鈴木日出男　100, 101, 102, 103, 104, 105, 108, 112, 122

せ

清少納言（清女）　22, 77, 81, 82, 83, 84, 120

た

大弐三位→賢子
高橋亨　108
竹内美千代　2, 54, 55, 61, 69, 71, 88, 97, 104, 109
田中新一　13, 14, 24, 25
田中登　19
玉鬘※　91, 92

ち

中宮彰子→彰子

つ

角田文衛　64, 69, 71

て

定子　82, 120

と

東三条院詮子　112, 133
頭中将※　84
徳原茂実　24, 71

な

中周子　2,60,104,109,113,122
中の君※　93
南波浩　2,3,5,6,11,25,35,37,39,54,55,61,63,64,66,85,101,102,105,109,112,119,122,124,127,128,129,130,131,133,149,162

に

匂宮※　92,93

の

野村精一　122

は

萩谷朴　69,85,148
八宮※　92
花散里※　91,92
林マリヤ　162
原田敦子　59,61,62,65

ひ

光源氏※　33,84,91,92,117,118,134
兵部卿宮※　118

ふ

藤原兼家　117,118
藤原兼輔　105,106,107
藤原伊周　28
藤原定家　18,19,20,21,25,53,54,55,161
藤原実方　120
藤原隆家　28
藤原隆光　21,32
藤原忠家　120
藤原斉信　120
藤原為家　55
藤原為氏　53,54,55,127
藤原為時　22,23,28,29,30,39,52,57,67,69,107,142,143,146
藤原俊成　120,121,140
藤原知章　22
藤原宣孝　21,22,23,28,29,30,31,32,33,34,35,36,37,38,39,40,74,75,76,84,85,87,88,89,96,97,102,104,105,107,108,111,113,114,115,118,121,122,128,133,135,136,137,138,145,147,148
藤原宣孝の娘　22,23
藤原惟規　78,107
藤原道綱の母　33,116
藤原道長　120,148
藤原道信　120
藤原行成　81,82,83,84

へ

弁※　47
弁のおもと　155

ほ

螢兵部卿宮※　91,92
法成寺入道前太政大臣→藤原道長

み

源則忠　32

む

宗雪修三　108
紫の上※　117

も

孟嘗君　82
森正人　100,108,109

や

山本淳子　43,54,65,66
山本利達　2,35,39,63,80,90,93,102,109,112,119,122,125

よ

与謝野晶子　39,122,133,134

り

隆円（僧都の君）　82

ろ

六条御息所※　91,92

和歌索引

本書の第一章から第十一章の中に全文引用した和歌を全て掲出した。
表記を歴史的仮名遣に統一し、2句目まで掲出した。

あ 行

あくるよの　とりはそらねに　119
あけぬとて　ゆくすゑいそぐ　119
あさぼらけ　きりたつそらの　117
あひみむと　おもふこころは　42
あふさかは　ひとこえやすき　82
いそがくれ　おなじこころに　57
いづくとも　みをやるかたの　157
いづれぞと　いろわくほどに　127
いどむひと　あまたきこゆる　130,157,159
いひたえば　さこそはたえめ　73,129
うきことを　おもひみだれて　155
うちしのび　なげきあかせば　130

おいつしま　しまもるかみや　58
おほかりし　とよのみやびと　151
おぼつかな　それかあらぬか　127

か 行

かきくもり　ゆふたつなみの　58
かきくらし　ことはふらなむ　94
かきくらす　こころのやみに　102, 105
かずならぬ　こころにみをば　151
かへりては　おもひしりぬや　111, 137
きえぬまの　みをもしるしる　137
きたへゆく　かりのつばさに　41, 49
くものうへも　ものおもふはるは　132
くれなゐの　なみだぞいとど　4, 27, 36, 129, 135
くれぬまの　みをばおもはで　152
けぢかくて　たれもこころは　87, 93, 138
こころあてに　あなかたじけな　58, 68, 141
こころあてに　それかとぞみる　68
こころあてに　をらばやをらむ　68
こころだに　いかなるみにか　151
こころゆく　みづのけしきは　5
こちかぜに　とくるばかりを　73, 128
ことわりや　きみがこころの　99, 106
こひしくて　ありふるほどの　157
こひわびて　ありふるほどの　159

さ 行

さりともと　おもふばかりや　19
しりぬらむ　ゆききにならす　58

た 行

たがさとの　はるのたよりに　111, 120, 137
たがさとも　とひもやくると　155, 156
たけからぬ　ひとかずなみは　74, 129

たちとまり　きりのまがきの　117
たづきなき　たびのそらなる　130, 157, 159
たにふかみ　かすみにとづる　119
たれかよに　ながらへてみむ　152
ちるはなを　なげきしひとは　129
つゆしげき　よもぎがなかの　139
つれづれと　ながめふるひは　155
とぢたりし　いはまのこほり　150
とぢたりし　うへのうすらひ　4, 73, 128
とりかへす　ものにもがなや　109

な 行

なきひとに　かごとはかけて　99
なきひとを　しのぶることも　152
なきよはる　まがきのむしも　1
なにかこの　ほどなきそでを　132
なにたかき　こしのしらやま　58, 141
なにはがた　むれたるとりの　42, 49, 53
にしのうみを　おもひやりつつ　43, 46

は 行

はなすすき　はわけのつゆや　5, 130
はるたてば　きゆるこほりの　39
はるなれど　しらねのみゆき　29
ひとのおやの　こころはやみに　105
ふたばなる　まつをひきうへて　20
ふもとにて　ふりさけみれば　119
ふるさとに　かへるやまぢの　28
ふればかく　うさのみまさる　157, 159
へだてじと　ならひしほどに　87, 95, 138

ま 行

ましもなほ　をちかたひとの　58, 141
みしひとの　けぶりとなりし　137

みづうみの　ともよぶちどり　27,32,128,135
みにしみて　あはれとぞおもふ　39
みねさむみ　いはまこほれる　87,96
みのうさは　こころのうちに　150
みやまべの　はなふきまがふ　150
みよしのは　はるのけしきに　150
みをのうみに　あみひくたみの　57
めぐりあひて　みしやそれとも　1,17
もしほやく　けぶりのそらに　116

や 行

やまびこの　こたへざりせば　19
ゆきめぐり　あふをまつらの　42
ゆきめぐり　たれもみやこに　42,49
ゆふぎりに　みしまがくれし　23
よとともに　あらきかぜふく　47,111,137
よにふるに　なぞかひぬまの　5
よのなかを　なになげかまし　161
よものうみに　しほやくあまの　27,34,135
よをこめて　とりのそらねは　82

わ 行

わかたけの　おいゆくすゑを　107,151
わするるは　うきよのつねと　155,156
をりからを　ひとへにめづる　154

■著者紹介

徳原茂実（とくはら　しげみ）

昭和二六年　大阪市生まれ
昭和五七年　神戸大学大学院文化学研究科博士課程修了
　　　　　　学術博士
現在　武庫川女子大学文学部教授
著書　『躬恒集注釈』（共著　貴重本刊行会）
　　　『古今和歌集の遠景』（和泉書院）

研究叢書381

紫式部集の新解釈

二〇〇八年一一月一日初版第一刷発行

（検印省略）

著　者　徳原茂実

発行者　廣橋研三

印刷・製本　シナノ

発行所　有限会社　和泉書院

大阪市天王寺区上汐五－三－八
〒五四三－〇〇〇二

電話　〇六－六七七一－一四六七

振替　〇〇九七〇－八－一五〇四三

ISBN978-4-7576-0488-9　C3395

研究叢書

351 浜松中納言物語論考　中西健治著　八九二五円
352 木簡・金石文と記紀の研究　小谷博泰著　一二六〇〇円
353 『野ざらし紀行』古註集成　三木慰子編　一〇五〇〇円
354 中世軍記の展望台　武久堅監修　一八九〇〇円
355 宝永版本観音冥応集 本文と説話目録　神戸説話研究会編　一三六五〇円
356 西鶴文学の地名に関する研究 第六巻 シュースン　堀章男著　一八九〇〇円
357 複合辞研究の現在　藤田保幸・山崎誠編　一一五五〇円
358 続近松正本考　山根爲雄著　八四〇〇円
359 古風土記の研究　橋本雅之著　八四〇〇円
360 韻文文学と芸能の往還　小野恭靖著　一六八〇〇円

（価格は５％税込）

――研究叢書――

天皇と文壇 平安前期の公的文学	滝川幸司著	361	八九二五円
岡家本江戸初期能型付	藤岡道子編	362	一三六〇〇円
屛風歌の研究 論考篇 資料篇	田島智子著	363	二六二五〇円
方言の論理 方言にひもとく日本語史	神部宏泰著	364	八九二五円
万葉集の表現と受容	浅見徹著	365	一〇五〇〇円
近世略縁起論考	石橋義秀 菊池政和編	366	八四〇〇円
輪講 平安二十歌仙	京都俳文学研究会編	367	一三六〇〇円
二条院讃岐全歌注釈	小田剛著	368	一五七五〇円
歌語り・歌物語隆盛の頃 伊尹・本院侍従・道綱母達の人生と文学	堤和博著	369	一三六〇〇円
武将誹諧師徳元新攷	安藤武彦著	370	一〇五〇〇円

（価格は５％税込）

研究叢書

軍記物語の窓　第三集　関西軍記物語研究会編　371　一三六五〇円

音声言語研究のパラダイム　今石元久編　372　一二六〇〇円

明治から昭和における『源氏物語』の受容　近代日本の文化創造と古典　川勝麻里著　373　一〇五〇〇円

和漢・新撰朗詠集の素材研究　田中幹子著　374　八四〇〇円

古今的表現の成立と展開　岩井宏子著　375　一三六五〇円

天草版『平家物語』の原拠本、および語彙・語法の研究　近藤政美著　376　一三六五〇円

西鶴文学の地名に関する研究　第七巻　セ―タコ　堀章男著　377　一二〇〇〇円

平安文学の環境　後宮・俗信・地理　加納重文著　378　一二六〇〇円

近世前期文学の主題と方法　鈴木亨著　379　一五七五〇円

伝存太平記写本総覧　長坂成行著　380　八四〇〇円

（価格は５％税込）